隠密同心

小杉健治

角川文庫
19765

目次

第一章 内 偵

一

市松《いちまつ》が三河《みかわ》町四丁目の久右衛門店《ひさえもんだな》に移り住んで十日になる。

路地をはさんで三軒ずつ、六所帯が住んでいる。市松の部屋は木戸から入って、左側の真ん中の部屋だ。以前は建具職の亀三《かめぞう》が住んでいた。

「ごめんなさい」

腰高障子が開いたので、市松は鑿《のみ》を使う手を止めて台から顔を上げた。

右隣に住む通い番頭房次郎《ふさじろう》の女房おはるだ。房次郎は小伝馬町《こでんま》にある『松代屋《まつしろ》』という古着屋に勤めている。

「これ、作ったのだけど、よかったら食べてくださいな」

おはるは器に盛った煮物を寄越した。

市松は居住まいを正して、

「こいつはありがてえ。遠慮なく頂戴《ちょうだい》いたします」

と、受け取った。

「今、何を？」

「へえ、ある大店の若旦那《わかだんな》から頼まれた許嫁《いいなずけ》に贈る簪《かんざし》の飾りつけです」

台の上には銀簪が置いてあり、鑿や小槌《こづち》などの道具が並んでいる。

市松は飾り職人ということになっている。簪や箪笥《たんす》の金具、刀の鍔《つば》などの金属に図柄を彫ったり、金銀で彩色して飾りつける。

「市松さんは、まだお嫁さんは？」

「いいえ、あっしはまだまだ」

「いくつだえ」

「へえ。二十九歳です」

「じゃあ、もう、もらってもおかしくないじゃないか。おまえさんみたいな男は女が放っておかないだろうに」

市松は細面で涼しげな目許《めもと》はいつも憂いがちに潤んでいるように見える。それが年増《としま》の女の心をくすぐるらしい。

「もう少し、この腕で稼げるようにならなければ所帯なんて持てません。今は自分の食いっぷちを稼ぐだけでいっぱいですから」

市松は微笑んで言う。

「そう。大家さんから聞いたけど、芝《しば》のほうで修業をしてきたんですって」

「へえ、親方のところからは去年独り立ちしました。ちょっと、親方とまずいことがあって、こっちに出て来たんです」

「何があったんだえ」

おはるは興味を示した。

「へえ」

「ごめんなさい。ひとに言えるわけないものね」

「親方のお嬢さんとちょっと」

「なるほどね」

おはるは笑った。

「あら、ごめんなさい。お仕事の邪魔をしちゃって」

「いえ。それより、おはるさんはご亭主とはどこでお知り合いに?」

「私は、『松代屋』の縫い子をしていたんですよ」

「そうですか。たくさんいる縫い子の中から見初められたんですね」

「そうかしら」

おはるは恥じらいながら、

「じゃあ」

と言って、出て行った。

房次郎は三十二、おはるは二十五歳らしい。『松代屋』は主人が信濃《しなの》の松代の出だという。

房次郎も松代の出で、十歳のときから江戸に出て『松代屋』の小僧として奉公をはじめた。

番頭になる前は住み込みだから、この長屋に住みついたのは一年前で、それから半年後に所帯を持った。

そのことは、この長屋に引っ越す前から聞いていた。

左隣の部屋の戸が開く音がした。住人の成瀬《なるせ》三之助《さんのすけ》が帰ってきたようだ。成瀬三之助は三十代半ばの浪人である。どこの藩士だったか、まだわからない。

寡黙で、あまり喋《しゃべ》らない。濃い眉毛《まゆげ》に鋭い眼光で、たくましい顔立ちだ。肩幅も広く、かなりの剣客であるとみた。部屋にいるときも、静かで、咳払《せきばら》いひとつしない。訪れるひともない。

近くの私塾で、子どもたちに手習いを教えているという。この長屋に来て一年らしい。

だんだん部屋の中が暗くなってきた。尿意を催し、市松は鑿を置き、立ち上がった。

廁《かわや》は戸口を出て、長屋のどんづまりにある。用を足して、廁を出たとき、木戸に小間物の行商をしている幸吉《こうきち》が帰ってきた。

「どうも」

幸吉は愛想よく挨拶《あいさつ》した。

小肥《こぶと》りで、目尻《めじり》が下がっているのでいつも笑っているような穏やかな顔をしている。市松と同い年の二十九歳だが、額が広いせいか中年男のような雰囲気だ。

「きょうはいつもより売れましてね。こんなこともあるのかなって感じです」

幸吉は笑みも漏らして言う。

「それはよござんしたね」

市松は微笑み返す。

市松が自分の住まいの戸を開けようとしたとき、

「市松さん」

と、幸吉が声をかけた。

「はい」

市松は立ち止まる。

「どうですか。あとで付き合いませんか。ご馳走《ちそう》しますぜ」

幸吉は笑みを湛《たた》えながら、

「なにしろ、小間物屋と飾り職人は切っても切れない仲ですからね」

飾り職人に仕事を注文するのは小間物屋か仏具屋だ。

「そうですね。親戚《しんせき》のようなものです。ご馳走になるのは遠慮しますが、付き合いますよ」

長屋の住人に近づくことは望むところだった。

「そうですかえ。よし、じゃあ、暮六つ（午後六時）の鐘を聞いたら『天狗屋《てんぐや》』で落ち合いましょう。『天狗屋』、わかりますかえ」

「入ったことはありませんが、店はわかります」

「じゃあ、そこで」

「わかりました」

幸吉は自分の住まいに入って行った。

市松も腰高障子を開けて土間に入った。さっきもらった煮物は明日にすればいい。今夜は幸吉に近づくいい機会だった。

明かりを入れた行灯《あんどん》を台に近づけた。鑿《のみ》を摑《つか》み、簪の飾りを彫る。

一心に彫っていると、暮六つの鐘が鳴りだした。市松はけりのいいところで作業をやめた。

途中までの簪を手にし、行灯の明かりで出来栄えを確かめる。よしと声を出し、台の上を片付けた。

市松は腰高障子を開けて外に出る。ちょうど向かいに住む大工の佐五郎《さごろう》が帰ってきた。

「お帰りなさいまし」

市松は挨拶する。

「お出掛けかえ」

「はい。幸吉さんと『天狗屋』で……」

「いいな、独り者は。まあ、呑《の》みすぎないようにな」

佐五郎は四十歳になる。出職の大工だ。女房のおとしは二十七、八。女郎だったという話だ。

佐五郎はこの長屋に住んでまだ二年だ。

佐五郎が家に入った。その隣は、大道易者の夢見堂《ゆめみ》が住んでいる。五十近い男でひとり身だが、ときたま若い女が訪ねてくるらしい。

夢見堂がこの長屋にもっとも長くて三年だ。みな、この三年以内に住みはじめた連中である。

長屋木戸の脇が大家の長兵衛《ちょうべえ》の住まいだ。表通りに面して下駄《げた》の鼻緒を売っている。

市松は木戸を出てから三河町四丁目の町筋を三丁目のほうに向かう。目指す店は町外れにある。

すぐ『天狗屋』の軒行灯の明かりが見えてきた。

暖簾《のれん》をくぐると、だいぶ客が入っていた。

「いらっしゃいまし」

まん丸い顔の小女が迎えた。

「市松さん」

小上がりの座敷の奥から幸吉が手を振っていた。

「ああ、いた」

市松が言うと、小女は微笑んだ。

市松は幸吉の前に座った。

「酒を持ってきてくんな」

幸吉は小女に言う。

「ここははじめてか」

「はじめてです」

「おまちどおさま」

小女が酒を運んできた。

「芝にいたんだって？」

銚子《ちょうし》を差し出して、幸吉がきく。

「すまねえ。おっと」

猪口《ちょこ》をつまんで酒を注いでもらってから、

「そう、神明《しんめい》町の職人長屋にいた」

嘘ではなかった。だが、そこにひと月しか住んでいなかったことは口にしなかった。万が一、調べられた場合に備えてのことだ。そこまで調べる者がいるとは思えない。

代わりに酌をしようとするのを遮り、手酌で酒を注ぎ、

「親方は誰なんだね」

と、きいた。

「庄五郎《しょうごろう》親方だ。いい親方だったんだが、ちょっと事情があってな……」

「そうかえ」

市松は幸吉の顔色を窺《うかが》う。

市松のことを探ろうとしているのか、単に興味があるだけなのか、判断はつかない。

「幸吉さんはいつから小間物の行商を？」

「五年前からだ。以前はある大店《おおだな》に奉公していたんだが、番頭と喧嘩《けんか》して追い出されてしまった。俺にだって言い分はあるが、旦那《だんな》も番頭の言葉を信用して、俺の言うことなんか聞いてくれねえ。他に奉公しようと思っても、番頭と喧嘩したってことがあるから、どこも引き取ってくれなかった。だから、行商からやりはじめているのだ」

幸吉は苦い顔をした。

なんというお店なのかとききたかったが、焦っては怪しまれると自重した。そのお店がわかったら、幸吉の話がほんとうかどうかわかる。

「そうか。でも、大店で過ごせば、いずれ番頭になり、暖簾分けをしてもらえるようになったでしょうに」

市松はなんとか大店の名をききだしたかったが、なかなか切り出せなかった。

「でも、市松さんはひとりで仕事をしているんだからたいしたものだ。注文品しか作らないんだろう」

「たまたま気に入ってくださる旦那がいてくれたので助かります。そうじゃなければ、やっていけません」

市松は真顔で答え、

「でも、長屋の皆さんは気がいいひとばかりなので安心しました」

と、話を逸《そ》らすように言った。

「そうだな。あの成瀬さんだってむすっとしているが、悪いひとではない」

浪人の成瀬三之助のことだ。

「酒がないな」

銚子を持って、幸吉は言い、

「おおい」

と、手を上げて小女を呼んだ。

そのとき二の腕が覗《のぞ》き、一瞬、彫り物が見えた。市松は気づかぬ振りをし、昂《たかぶ》る気持ちを抑えた。

大店に奉公していた人間に彫り物があるはずない。これから店をもとうとしている人間としては考えられない。

やはり、この男は注意をしておくひとりかもしれないと思った。

「市松さん。強いね」

「幸吉さんこそ」

ずいぶん呑んだが、幸吉はまったく乱れない。

店は職人から奉公人、日傭取《ひようとり》りや駕籠《かご》かきらしき男たちでいっぱいになっていた。

市松は客をそれとなく注意をして見る。

いわくのありそうな客はいない。また、新たな客が入ってきた。三十過ぎの細面の鼻の高い、遊び人風の男だ。

その男がちらっとこっちに目をやった。幸吉は顔を隠すように横を向く。

「いっぱいだな」

男は舌打ちして出て行った。

「すみません」

小女が男の背中に謝る。

「今の男」

幸吉が口にした。

「定助《さだきち》って言う。近くの鰻《うなぎ》屋の出前持ちだが、この界隈《かいわい》を縄張りにしている岡っ引きの丑蔵《うしぞう》の手下でもある」

「手下？」

「そうだ。なにかと難癖をつけて、金をせびる。いやなやろうだ。あまり、関わらないほうがいいぜ」

「わかった」

銚子を何本か空けて、店を出た。

割り勘にしようとしたが、「お近づきの印だから」といって、幸吉はひとりで勘定を払った。

「幸吉さん。ごちそうさまでした」

「なあに、たいした額じゃありませんよ」

幸吉は鷹揚《おうよう》に言う。

「幸吉さんはどこらあたりを歩いているんですね」

市松はさりげなくきいた。

「本郷《ほんごう》から市ヶ谷《いちがや》、西の方は芝口橋《しばぐち》の近くまでですかねえ。芝にはめったに行きません」

幸吉がなぜ芝の名を出したのか。

長屋に帰り、幸吉と別れ、自分の住まいに入る。

市松は注意深く部屋の隅々を調べる。留守中、何者かが忍んでないか、柳行李《やなぎごうり》の蓋《ふた》をそっと開き、糸を調べる。

何者かが蓋を開けたら糸が切れる。だが、糸はそのままだった。

市松は安心して蓋を閉め、土間と反対側の障子を開ける。狭い庭があり、塀の向う側は二階建て長屋が建っている。

その長屋のために空は狭くなっていた。

枕屏風《まくらびょうぶ》をどかし、ふとんを出して敷く。ようやく酔いがまわってきたようだ。市松はここでこの先どのくらい過ごすことになるのか。

三ヵ月か半年か。一年もかかるか。その間、飾り職人の市松として長屋の暮しに溶け込みながら、使命を果たさねばならない。

だが、役目そのものが曖昧模糊《あいまいもこ》としていた。いや、お奉行や松原源四郎《まつばらげんしろう》は危機感を持っていた。

酔いがまわってきたが、逆に目は冴《さ》えてきた。

二

市松が南町の隠密廻《おんみつまわ》り同心松原源四郎に呼ばれ、京橋《きょうばし》の竹河岸《たけがし》にあるそば屋に行ったのは半月前のことだった。

そば屋に行くと、亭主は黙って二階の小部屋に案内してくれた。その小部屋に、源四郎ともうひとり、頭巾《ずきん》で顔を隠した武士がいた。

市松は刀を右脇に置き、

「遅くなりました」

と、挨拶《あいさつ》をした。

「我らが早く来ただけだ。さあ、ここへ」

源四郎が声をかける。

「失礼します」

市松はにじり寄る。

「佐原《さはら》市松にございます」

源四郎が市松を頭巾の武士に引き合わせた。

「市松。ごくろう」

そう言い、武士は頭巾を外した。

「あっ、お奉行さま」

あわてて、市松は平伏した。

お奉行直属の公用人の下で働く用部屋手付同心でありながら、市松は奉行所に一日中いることがなかった。そのため、お奉行と接する機会はほとんどなかったのだ。

「市松。秘密を要するゆえ、こういう形で会うことになった」

「はあ」

市松は低頭して応じる。

「先月、箱根《はこね》山中で、薬売りの仙介《せんすけ》という男が殺された」

源四郎が切り出す。

「仙介は私が密偵として使っている男で、東海道《とうかいどう》沿いの城下でもろもろの噂を集めている。小田原《おだわら》藩の与力が仙介を知っていて、私に知らせてきた。私は小田原城下に行き、仙介の亡骸《なきがら》と対面した。その際、仙介の口の中に紙切れがあるのを見つけた。口をこじあけて、紙を引っ張りだした」

源四郎は一拍の間を置き、

「そこに、三河町四丁目久右衛門店とあり、そのあとに名前が書いてあったようだが、残念ながら唾液《だえき》で滲《にじ》んで読み取れなかった。ただ、そのあとに、才蔵《さいぞう》という名が記されていたのがわかった」

「仙介は殺される前、急いで書き記して、その紙を口に含んだのですね」

市松は口をはさむ。

「そうだ。自分が摑《つか》んだことを知らせに帰る途中、敵に見つかった。追い詰められた仙介は急いで私に知らせるべきことを書き残したのだ」

「しかし、その紙切れの事柄に何か」

三河町四丁目久右衛門店と才蔵とだけで、大騒ぎするようなことなのかと疑問に思った。

「風神《ふうじん》一族を知っているか」

「風神？　いえ」

「戦国期に各武将から乞《こ》われて味方をし、調略、暗殺などを行なった忍者の末裔《まつえい》という噂があるが、普段は山奥で暮らしているらしい。だが、どこの山奥か誰も知らない」

「……」

「これまで、各大名家の御家騒動にはこの風神一族が関与しているのではないかと言われている。その風神一族の中心になっているのが才蔵かとも思ったが、はっきりしない」

「暗殺ですか」

「いや、暗殺ならな、いま揉《も》め事《ごと》を起して対峙《たいじ》している一方が雇ったと考えられるから、狙われている人間は見つけやすい。風神一族は調略から行なう」

「調略……」

「おそらく、どこかの藩の誰かが藩内に揉め事を起させようとしていると考えられる。仙介はその動きを何らかの事情から摑んだのだ。もしかしたら、風神一族と接触したのかもしれない。だが、詳細を語ることなく、仙介は殺された」

「まだ、何も起こっていないところで、これから何かが起こるということですね」

「そうだ。わかっているのは、三河町四丁目久右衛門店と才蔵の名だけ。ただ、これから風神一族が動きだすことは間違いない」

「ご老中が」

と、お奉行が口を開いた。

「芸州浅見家《げいしゅうあさみ》の家老から重役の一部に不穏な動きがあるという訴えを聞いたそうだ。大目付に調べさせたが、とくに変わった動きはなかった。ただ、その家老が先月、亡くなったそうだ。事故死だ。河岸の視察の際、積荷が崩れて下敷きになったという」

「……」

「風神一族に殺されたとも考えられる」

源四郎が深刻そうに言い、

「もちろん、証《あかし》はない」

と、付け加えた。

「さっきも言ったように、風神一族は一見平穏に見えるところに波風を立て、対立を煽《あお》ってから最後に暗殺という挙に出る。したがって、風神一族の狙いが浅見藩だと限らない。だが、浅見藩の上屋敷は小川《おがわ》町にある。三河町四丁目の近くだ」

「佐原市松」

お奉行が口調を改めた。

「そなたには風神一族の動きを探り、どこの藩の誰からの依頼であるかを探ってもらいたい」

「はっ」

「これは我ら三人しか知らぬこと。あくまでも秘密裏の探索だ」

「承知しました」

「では、あとは頼む」

お奉行は頭巾をかぶって立ち上がった。

源四郎が見送ろうとするのを、

「よい」

と制し、お奉行は部屋を出て行った。

「この店の裏の料理屋から抜け出して、ここにやってこられたのだ」

源四郎はお奉行のことを話した。

「市松。長屋に住んで、様子を探るのだ。長屋にはすでに風神一族の仲間が住んでいるのかもしれない。あるいは、これからか。まったく不明だ。また、才蔵なるものがひとの名なのか、暗号なのかもわからぬ。わからぬことだらけの探索になる。長期戦になろう」

「はい」

市松は覚悟をする。

「市松。そなたは私を恨んでおろうな」

「えっ、どうしてそのようなことを？」

「奉行所の同心でありながら、まったく影のような存在でしかない」

「いえ、父上も望んでいたのですから」

市松の父も隠密廻り同心であった。


父が亡くなったのは七年前、市松が二十二歳のときだ。同心は一代抱えであるが、だいたい親の跡を継ぐ許しが出るので、世襲と変わりない。

父に代わり、市松は二十二歳で同心見習いになったが、その後は他の同心見習いが辿《たど》る道筋と違った。

見習い期間が終わったあと、市松は源四郎に呼ばれた。父は息を引き取るとき、あとは源四郎に従えと言い残したのだ。

「市松。これはそなたの父上の意向でもある。心してきけ」

源四郎は市松の覚悟を確かめてから、

「同心の中で有能であれば定町廻りから臨時廻り、そして隠密廻りの同心になるのがふつうだ。だが、そなたにはいきなり、隠密廻りになってもらいたい」

源四郎の言葉が理解出来ず、市松はきょとんとした。

「隠密廻りは隠密に聞き込みや探索をするため、ときには物貰《ものもら》いや托鉢《たくはつ》僧などに変装する。だが、いかにうまく変装をしても若い者には化けられない」

通常、隠密廻りは熟練の同心がなるのであるから、それなりに歳を食っている。

「若い男に化けられたらと思ったことは一度や二度ではない。日頃、お父上も若い隠密廻り同心が必要だという思いを持っていた」

「……」

市松は黙って聞いていた。

「お父上が病床に臥《ふ》し、見舞いに上がったとき、お父上は私にこう仰《おっしゃ》った。市松を隠密廻り同心に仕立てるべく育ててきた。どうか、わしの死後、跡を継いだ市松に隠密廻りの仕事をさせるようお奉行に働きかけて欲しいと」

「隠密廻り同心に仕立てるべくと？」

市松は幼少の頃から剣術や柔術、そして学問のほかに、飾り職人の庄五郎のところに通った。

「そういったことはすべてそのために?」

市松は驚いてきき返した。

「そうだ。世の犯罪の多くは定町廻りが解決しよう。だが、武家絡み、寺社絡みなどの事件には定町廻りは自由に動けない。そんな事件の解決のために、我ら隠密廻りがいる。だが……」

と、源四郎は続けた。

「我らの存在は奉行所内では知られている。だが、そなたの役割は奉行所の人間にも秘密にする」

「……」

「いちおう、そなたは用部屋手付同心ということになるが、実際にはそこでは働くことはない。まったく影のような存在だ。誰にも相談出来ず、孤独だ。これはつらいことだ。そのことをすべて受け入れてもらわねばならない」

源四郎の言葉は重くのしかかってくるようだった。だが、父が望んだことだ。

「父は松原さまに従えと言い残しました。松原さまのよきように」

「よくぞ申してくれた。このことはすでにお奉行の了解を得ている。探索の上の経験不足は私が補う」

「わかりました」

こうして、市松は奉行所内でも、存在の知れない同心になった。そして、いくつもの事件に関わり、探索の腕も磨いていった。


それから七年。今度の役目は非常に重いものであった。

「そなたをもうひとりの隠密廻りとして教え育ててきたお父上の先見の明に、私はつくづく、敬服する。いや、その教えをすべてこなしてきたそなたにもな」

お奉行が引き上げ、ふたりきりになった源四郎は市松父子を讃《たた》えた。

「いいえ、私はただ何も考えず、言われたままにやってきたまでです」

「私が感心するのは、そなたに飾り職人の親方のところに修業に行かせたことだ。飾り職人の腕があることで、誰にも疑われずに済む。それ以上に、そなたもそれをものにしたことだ」

「いえ、たまたまです」

「親方は、職人の道を歩めば名人と言われるようになると言っていた」

「親方の買いかぶりです」

「いや、あの男の目に狂いはない。だが、そうであれば、市松はそっちの道で生きたほうがいいのではないかと申し訳なくなる」

「いえ、私は隠密廻りの子です。悪と闘ってきた父と同じ道を歩むことに悔いはありません」

市松は覚悟を示した。

「さて、三河町四丁目久右衛門店だが、いまは六所帯、すべて埋まっている。そこで、風神一族とは無縁とはっきりしている建具職の亀三という男に目をつけた。その男に引っ越しをしてもらうように頼み、受け入れてもらった。あとに、そなたが移り住むことを、亀三から大家に伝えてもらい、話はついている」

「亀三さん、だいじょうぶだったのですか」

「親方の近くに部屋を借りる手配をしたら、かえって喜んでいた」

「そうですか」

「そなたが住むことは大家も了承しているそうだ。明日、大家に会ってくるのだ。大家は長兵衛といい、四十二歳。女房とふたりだそうだ。もちろん大家とて、油断はならぬ」

久右衛門店の地主は湯島《ゆしま》天神前に土産物屋を営む男で、大家の長兵衛は地主に代わって、長屋の一切を任されている。

「長兵衛がどういう縁で、久兵衛店の差配をするようになったかわからないのだ。そのことを頭に入れておくように」

「はい」

「今後のことだが、そなたのことを知っているのはお奉行と私だけだ。したがって、連絡を取り合うのは私とだけだ。奉行所の誰であろうと秘密を打ち明けてはならぬ」

「承知しました」

「そなたから私に近づくことは一切しないこと。私のほうから、変装をしてそなたに近づく。そのとき、わかったことや何かしてもらいたいことがあれば伝えよ。相手は風神一族だ。忍者の末裔《まつえい》であり、我らと同等か、それ以上に変装術には長《た》けていると見なければならない。かりに、年寄りでも、若い娘でも、風神一族であるかもしれない」

「わかりました」

市松は身を引き締めて答えた。

その夜、市松は八丁堀《はっちょうぼり》の屋敷に帰り、母に言った。

「母上。私は明後日《あさって》からお役目により、別のところで住まなければならなくなりました。お寂しいでしょうが、お許しください」

「何を申しますか。父上もお役目のためひと月以上も留守にしたこともあります。母のことなど心配せず、お役目を立派に果たすのです」

「はい。留守中、何かあれば、松原さまを頼りになさってください」

「わかりました」

母は気丈に言うが、寂しそうな表情をのぞかせた。

翌朝、市松は刀を屋敷に残し、父が町人に変装するときに着た格子縞《こうしじま》の着物に博多《はかた》帯を締め、鑿《のみ》や小槌《こづち》などを持って屋敷を出た。

久右衛門店の長兵衛は四十過ぎの男だった。鬢《びん》に白いものが目立ち、額も広い。

「大家さんでございますか。あっしは飾り職人の市松と申します。こちらに住んでいた亀三さんのあとに」

「ああ。おまえさんか」

「はい。どうぞ、よろしくお願いします」

「部屋を見るなら案内しよう」

大家は家から出てきて路地のどぶ板をふまないように真ん中を歩き、

「ここだ」

と、立ち止まった。

腰高障子を開けて土間に入る。間口九尺、奥行き二間で、四畳半の部屋に火鉢や行灯《あんどん》、それに茶簞笥《ちゃだんす》があった。

「あれは亀三が置いて行ったものだ」

「へい。使ってくれと言われました」

部屋に上がって向かいにある障子と雨戸を開けた。わずかばかりの庭があり、鉢植えがあった。

亀三はこういう道楽もあったのかと思った。

「おまえさん、飾り職人だそうだね」

大家がきく。

「へい。さようで」

「亀三は建具職だったが、居職ではなかったから、ここでは仕事をしていなかった。おまえさんは、ここで仕事をするのかね」

「お願いいたします」

「はい。さようで」

「家賃は千文だ」

「へえ、結構です」

「で、いつから住むんだね」

「きょうからでも」

「わかった。長屋の者に掃除をさせておこう」

そして、住みはじめて十日が過ぎたのだった。

三

夜が明けて目を覚ます。外は明るくなっていた。

土間に下り、厠《かわや》に行く。市松はこれまで常に長屋暮しをためしている。付け焼き刃では、町人になりきれない。

厠から出たら、幸吉が出て来た。

「きのうはごちそうさまでした」

市松は礼を言う。

「なあに、大したことはないさ」

あくびをかみ殺しながら、幸吉は厠に向かった。

長屋木戸を、納豆売りが入ってきた。あちこちの腰高障子が開いた。だが、隣の浪人成瀬三之助の家の戸は開かなかった。

市松はきのうおはるにもらった煮物で食べた。

与えられた任務は漠然としたものだ。殺された密偵が口に含んでいた紙切れに書かれていた三河町四丁目久右衛門店と才蔵の文字。

才蔵が人物の名なのか、何かの暗号なのかも定かではない。ひとの名だと思われるが、長屋の住人にはそのような名の人間はいなかった。だが、住人の知り合いに才蔵なる人物がいるかもしれない。

あるいは、才蔵なる人物がある指令を持って長屋の住人に会いに来るのか。

狙いは芸州浅見家であろう。この長屋は浅見家の上屋敷に近い。依頼を受けた風神一族は配下の者をこの長屋に送りこんでいたのではないか。

だが、ここの住人からは風神一族の匂いは感じられない。もっとも、風神一族は男女とも変装には長けているに違いないので油断は出来なかった。

朝餉《あさげ》のあと、市松は仕事にかかった。銀簪《ぎんかんざし》に彫刻を施す。これは、お美和《みわ》のために作っている。

美和は飾り職人の親方の娘だ。

いきなり、戸が開いた。

「邪魔するぜ」

横柄な態度で入ってきたのは昨夜の定助という男だ。その後ろに、尻端折《しりはしょ》りをして羽織りを着た男がいた。三十代半ばぐらい、いかめしく強面《こわもて》の顔だ。丑蔵という岡っ引きだと悟った。

「これは親分さん」

市松は立ち上がって上《あ》がり框《がまち》に腰を下ろした。

「おう、おめえ。俺を知っているのか」

定助がにやりと笑った。

「いえ、風格からして、親分さんだと思いましたので」

「ふん。昨夜《ゆうべ》、幸吉から聞いたんだろうぜ」

定助は皮肉そうな笑みを浮かべた。

「まあいい。おめえとははじめてだから名乗っておこう」

丑蔵が前に出てきた。

「へえ」

「俺は南町の旦那《だんな》から手札をもらっている丑蔵ってもんだ」

この界隈《かいわい》は木塚朔太郎《きのづかさくたろう》の受持ちだということを思いだす。

「おめえ、はじめてだな。名は？」

と、きいた。

「へい。市松と申します」

「市松か。仕事はなにしているんだ？」

「飾り職人でございます」

「それがおめえの作ったものか」

丑蔵は台の上にある簪を指さした。

「へい」

「見せてもらおうか」

「どうぞ」

市松は素直に渡した。

「ほう、見事なものだ。どこで、修業したんだ？」

「はい。芝の『彫庄』です。庄五郎親方のところで」

「ここから芝は遠いな」

「じつは、親方と意見の食い違いがありまして」

「喧嘩《けんか》別《わか》れか」

「まあ」

市松は曖昧《あいまい》に答える。

「いつからここに？」

「十日前です」

「幸吉とは親しいようだな」

「同い年のせいか、仲良くしてもらっています」

「以前からの知り合いか」

「いえ。この長屋に越して来てからでございます」

「ゆうべ、『天狗屋』で呑《の》んでいたな。金は幸吉が支払ったそうだな」

そんなことまで調べている。いったい、どんな狙いなのだと、市松は用心深く、

「へい。きのうはいつもより売れ行きがよかったそうなんです。それで馳走《ちそう》をしてくれました」

「幸吉がそう言ったのか」

市松は答えてから、

「親分さん。幸吉さんに何か」

と、きいた。

「最近、空き巣に入られる家が増えているんだ」

「空き巣？　それが幸吉さんとどういう関わりが？」

市松はきき返す。

「幸吉が訪れた家に必ず空き巣が入っている。三軒だ」

「幸吉さんが空き巣だと言うんですかえ。そんなことありませんぜ」

「どうして、そんなことが言えるんだ？」

丑蔵はにやりと笑い、

「もしかして、以前から知っている仲なんじゃねえのか」

「いえ、違います」

この岡っ引きはこうやってぐだぐだと難癖をつけて、堅気のひとたちをいじめているのかと思うと腹が立った。

「幸吉は何をしていた人間か知っているか」

「へい」

「大店《おおだな》に奉公していたと言ってました。番頭と喧嘩して追い出されたと」

「大店か。どこか聞いているか」

「いえ」

「そうだろう。まあ、いい。また、寄せてもらうぜ」

丑蔵と定助は出て行った。

腰高障子は閉め切られずに隙間が出来ていた。

土間に下り、戸を閉める前に路地を見る。丑蔵と定助は木戸に向かう。路地に住人がいないのは丑蔵から逃れるためかもしれない。

木戸を出て行ったのを確かめてから、市松は戸を開けて路地に出た。

幸吉の家の戸を叩《たた》いた。しかし、幸吉はいない。丑蔵がやって来る前に出かけたのだろう。

幸吉の二の腕に彫り物があった。丑蔵の口振りから言っても、幸吉が大店に奉公していたというのは疑わしい。奉公人だった男が彫り物をするはずがない。幸吉がほんとうのことを話しているのかどうか。

幸吉が行商で訪れた家にはあとから空き巣が忍び込んでいるという。丑蔵が嘘をつくとは思えないが……。

家に戻ろうとしたとき、成瀬三之助が出てきた。

「おはようございます」

市松は挨拶《あいさつ》をする。が、三之助は軽く頷《うなず》いただけで、無言で木戸のほうに向かった。

後ろ姿や足の運びを見る。かなりの腕前だとみてとれた。

住人の中で、もっとも疑わしいのは三之助だ。どこの藩の浪人か。浅見藩か。いや、浅見浪人だとしたら、上屋敷の近くに住むだろうか。知り合いと顔を合わせて気まずいことはないのか。

風神一族の人間と考えたほうがいいかもしれない。

三之助がどこに行くのかあとをつけようかとも思ったが、まず幸吉からだと思い直した。市松はいったん家に戻り、彫金を施してある簪を手拭《てぬぐ》いにくるんで懐にしまった。

再び、土間に下り、路地に出た。

「あら、お出掛けかい」

おはるが顔を出した。

「ええ。小間物屋に挨拶に行ってきます」

「そう、行ってらっしゃい」

　おはるは明るい声をかけた。

　市松は木戸を出て鎌倉《かまくら》河岸のほうに向かった。三河町三丁目、二丁目と過ぎ、一丁目に差しかかったとき、やはり背後の男が気になった。

　木戸を出たときからついてきていた。ここまでまっすぐの道だから、たまたま行き先が同じだったとも言えるが、市松が足を緩めると、後ろの男も歩みが遅くなった。つけているような気がしてならない。

　しかし、つけられる覚えはなかった。

　こんなに早く市松の役目を悟られるはずはない。松原源四郎にそんな手抜かりはない。

　だとすると、市松をつけているわけではないのか。

　市松は鎌倉河岸に出て、濠《ほり》沿いを本石町《ほんこく》のほうに向かう。竜閑《りゆうかん》橋を渡ると、やはり橋を渡ってきた。

　男の顔を確かめたかったが、尾行に気づいたとは思わせたくない。市松はただの飾り職人なのだ。そのことに疑いを抱かせるような真似は出来なかった。

　市松は本《ほん》町一丁目の角を曲がり、本町通りを進んだ。やはり、まだついてくる。

しばらく行くと、大きな小間物屋『井筒屋《いづつ》』の前に出た。

芝の親方のところでも『井筒屋』から注文を受けたこともある。市松は店の土間に入った。

店の座敷には数人の女の客がいて、簪《かんざし》や笄《こうがい》などを見ている。

顔見知りの番頭がいた。市松は声をかけた。

「おや、おまえさんは？」

「はい。芝の『彫庄』の市松でございます」

「ああ、そうだった。『彫庄』には注文を出したばかりですが」

「いえ、そうじゃありません。じつは、このたび『彫庄』をやめ、独り立ちをしました」

「独り立ち？」

「はい。それで、もしよろしければ私のほうにも仕事をと思いまして」

「おまえさん、まさか、庄五郎親方と何かあって……」

「へえ、ちょっとしたことで」

「それならまずい。おまえさんの腕は買っているが、親方の手前、おまえさんに仕事をまわすことなど出来やしない」

番頭は渋い顔で言う。

「ごもっともで」

「すまないね」

「いえ。また、何かありましたら、よろしくお願いいたします」

市松は頭を下げながら戸口を見た。

暖簾《のれん》で顔を隠すようにして、男がこっちを見ていた。遊び人風の男だ。風神一族の仲間かもしれない。

市松が戸口に向かうと、男はあわてて離れて行った。

それから、小伝馬町に向かった。そこにも『彫庄』が仕事をもらっている小間物屋があった。

『彫庄』の庄五郎は名人と讃《たた》えられており、遠くにある小間物屋からも仕事の注文を受けている。

そこでも番頭に会い、同じような返事をもらって、市松は小間物屋から出た。

市松は仕事をもらうことが狙いで訪ねてきたのではない。こうやって小間物屋を訪ねることで、飾り職人であるという証《あかし》を残しておくためである。

おそらく、今尾行してきた男はあとから小間物屋を訪ね、市松のことをきくだろう。番頭は市松が飾り職人であることを明かしてくれるはずだ。

外に出たとき、斜め向かいに古着屋の『松代屋』の屋根看板が見えた。房次郎はここの通い番頭だ。三河町四丁目からここまで通っている。

市松は『松代屋』の店先に立ち、中を覗《のぞ》いた。すると、女の客に応対している房次郎の顔が見えた。

小僧から奉公して番頭になったのだから、風神一族とは関わりない。女房のおはるも『松代屋』の縫い子だったというから疑うまでもない。

市松は安堵《あんど》して、その場を離れた。

その夜、市松は幸吉が帰ってきた気配に気づいて、幸吉の家を訪れた。

「幸吉さん。今、いいかえ」

市松は土間に入った。

「なにか」

「じつは、今朝、丑蔵親分と定助があっしのところにやって来たんだ」

「……」

幸吉は顔色を変えた。

「なんだか知らないが、おまえさんを疑っているようだったよ」

「知っている」

幸吉は唇をひんまげた。

「きょう、お得意先のところに行ったら、丑蔵親分が俺のことをいろいろきいていたって教えてくれたんだ。なんでも、俺が行った先の家が空き巣に入られたそうだ」

「幸吉さん。はっきり聞かせてくれ。空き巣なんてやってないんだな」

「当たり前だ。信じてくれ」

「ああ。だが、聞かせてもらいたいことがある」

「なんだ？」

「幸吉さんは、大店に奉公していたと言ったな。それはほんとうなのか」

「ほんとうだ」

「店はどこだ？」

「疑っているのか」

幸吉は色をなした。

「昨夜、二の腕に彫り物が見えた」

　あっと、幸吉は左腕を隠した。

「奉公人がそんなものを入れるはずがない」

「こいつは、店を辞めたあとに入れたんだ」

「辞めたあと？」

「そうだ。俺は気が小さく、ぐずぐずしてなかなか物事を決められない。だから、いつも番頭に叱られていた。あるとき、とうとう堪忍袋の緒が切れて、番頭に殴り掛かった。そのことで、お店を辞めさせられたんだ。お店を追い出されて、途方にくれて、酒を浴びるほど呑《の》んで酔いつぶれて道端に倒れた。そのとき、俺を助けてくれたのが彫物師だった。自棄《やけ》っぱちになっていた俺は太く短く生きてやると心を決め、今までの自分と決別するつもりで入れたんだ。彫り物を入れたら強くなれると思ってな」

「……」

「だが、一年もしたら後悔するようになった。俺はもともと地道に働くしか能はないんだと思うようになった。それで、行商からはじめて小さくてもいいから店をもとうとしたんだ」

　幸吉はすがりつくように、

「市松さん。信じてくれ」

と、訴えた。

「幸吉さん。店の名は？」

「言ったらどうするんだ？　ほんとうに俺が奉公していたか調べるのか」

「いや。そんな真似はしない。ただ、知っておきたいのだ」

「そうか」

幸吉は吐息をもらし、

「市ヶ谷にある太物問屋の『信濃屋』だ」

「よく話してくれた。幸吉さんの話を信じよう」

「ありがとうよ」

「少し、考えてみないか」

「考えるって何を？」

「どうして、幸吉さんが訪れた家で空き巣が起きるかってことだ」

「わからねえ」

「いや、考えるんだ」

「いけねえ。そんなとこに立たせたままで。上がってくれ」

今気がついたように、幸吉は上がるように勧める。

「いや、ここに座らせてもらう」

市松は上《あ》がり框《がまち》に腰をおろし、

「さあ、考えてみよう」

「見当もつかねえ」

「偶然とは思えない。一度や二度は偶然も考えられないこともないけど、三度となったら偶然とは言えない」

「俺はやってねえ」

「そうだ。幸吉さんじゃねえ。いいかえ。空き巣は幸吉さんが商売で訪れた家に入っているんだ。つまり、空き巣狙いは幸吉さんが訪れた家を知っているということだ」

「どうして、そんなことが他人にわかる。俺は勝手気ままに訪れる家を決めているんだぜ」

「そうなると、考えられることはひとつだ」

「なんでえ?」

「空き巣狙いは、幸吉さんのあとをつけていた。そういうことになるのではないか」

「俺のあとを？」

幸吉は首をひねった。

「そんな人間にはまったく気づかなかった」

「どうも、幸吉さんに罪をなすりつけようとしているようだ」

「俺に罪を？」

「そうだ。そんな人間に心当たりはないか」

「ない」

「よく考えるんだ。きっと、何かあるはずだ。誰かから、恨まれるような心当たりは？」

「恨まれる？」

「そうだ。幸吉さんを恨んでいる人間がいるんだ」

「そうよな」

幸吉は腕組みをした。

「すぐには思いだせないかもしれない。一晩考えてみたほうがいい。それから、これから行商のときには常に背後を気にしたほうがいい。誰かがつけているかもしれない」

　そう言いながら、自分も何者かにつけられたことを思いだした。

「市松さん」

　幸吉が思いついたように、

「市松さん、俺のあとをつけてくれないか」

「俺が？」

「頼む。俺をつけてくる男を見つけてもらいたい」

「しかし、俺にそんなことが出来るか……」

　市松ははっとした。

　もし、幸吉が風神一族の仲間ならと考えた。尾行する動きで、ふつうの人間か密偵かわかる。

　市松をためそうとして、幸吉が仕組んだことかもしれない。

「自信ないけど、やってみる。ただ、幸吉さんを見失うといけない。行商でまわる道順を教えておいてくれないか。そのとおり、辿《たど》るから」

「わかった。そうしよう」

　幸吉は安心したように頷《うなず》いた。

「じゃあ、明日」

市松は自分の住まいに戻ってから、改めて幸吉のことを考えた。

ほんとうに『信濃屋』に奉公をしていたのか、それを確かめたいが、松原源四郎とつながりをつける術《すべ》はない。どんなことがあっても、こっちからつなぎはつけてはならないのだ。

幸吉がためそうとしているのかどうかわからないが、市松はそれに乗るしかなかった。

四

翌日、市松は筋違橋《すじかい》の北詰に来ていた。

筋違橋を武士や僧侶《そうりよ》、駕籠《かご》、半纏《はんてん》を着た職人などが激しく行き交う。やがて、八《や》辻ヶ原《つじがはら》を突っ切って幸吉がやって来るのがわかった。

幸吉は須田《すだ》町にある小間物問屋から品物を仕入れてきたのだ。小間物の荷を背負って、早足で橋に近づいてきた。

市松は橋の袂《たもと》から離れ、幸吉をやり過ごす。幸吉のあとから続々と橋を渡ってくる。幸吉をつけているらしい男を探す。

だが、たくさんのひとの流れの中から見つけだすのは無理だ。市松は目の前を行きすぎる通行人から飴《あめ》売りの男、大道芸人、印半纏の職人などに注意を向けた。

幸吉は予定どおり、神田《かんだ》花房《はなぶさ》町の角を曲がった。飴売りの男はまっすぐ歩いて行った。続く、大道芸人もそのまま曲がらず行きすぎた。

職人だけが曲がった。市松は職人のあとを追う。

花房町の町筋を行くと、その途中に普請場があり、家の骨組みが出来ていた。職人は普請場に向かった。

尾行者ではなかった。幸吉はだいぶ先を歩いていた。

やがて、しもたやの前で、幸吉は立ち止まった。そして、裏口にまわった。予定どおりだ。

ここまで尾行者はいなかった。市松は自分の背後に注意を払う。自分を見張っている男がいるかもしれないのだ。

だが、それらしき人影はなかった。

その後、市松は神田佐久間《さくま》町の町木戸まで先回りをし、幸吉の姿が見えると、木戸番屋の陰に身をひそめた。

幸吉が町木戸を過ぎる。市松はわざと見つかるように顔を出す。尾行に不慣れな姿を晒《さら》すためだ。

幸吉はちらっとこっちを見た。苦笑しているように思えた。

幸吉が行き過ぎたあと、怪しい人間は通らなかった。その後、元鳥越町《もととりごえちょう》のほうまで行ったが、尾行者を見つけることは出来なかった。

幸吉が鳥越神社に入って行ったので、市松も鳥居をくぐった。

社殿の裏手で、幸吉が待っていた。

「どうだった？」

「見逃したはずはないが……」

市松は首を横に振った。

「俺も注意をしていたが、つけられている気配はなかった」

「きょうはつけてこなかったのかもしれない。また、明日、やろう」

「いや」

幸吉はため息をもらし、

「同じことだ。俺をつけてくるような人間に心当たりはない」

「しかし、空き巣犯は幸吉さんが訪れた場所を知っているんだ。あとをつけて知る以外、手がない。必ず、尾行者がいるはず」

市松はくどく言うが、幸吉は、

「これ以上、あんたに迷惑はかけられない」

「……」

「俺はもう少し、歩いてから帰る。すまなかった」

「わかった」

幸吉は先に神社を出て行った。

市松は蔵前《くらまえ》のほうに向かった。十分に間を置いてから、市松は幸吉のあとをつけた。

蔵前から、市松は浅草御門のほうに向かう。幸吉をつけている人間はなく、また自身もつけられてはいなかった。

夕方になって、市松は長屋に帰ってきた。長屋に向かいかけたとき、托鉢《たくはつ》僧が歩いてくるのに出会った。

すれ違おうとしたとき、

「市松。夜になったら鎌倉河岸まで来い」

　と言い、行き過ぎて行った。

　源四郎だった。市松は顔を向けることなく、そのまま歩き続けた。注意をする者がいたとしても、声を交わしたとは思われないはずだった。

　いったん、長屋に帰る。何か空気が違うような気がした。市松は部屋に上がり、柳行李《やなぎごうり》の蓋《ふた》についている糸を確かめた。

　切れていた。何者かが蓋を開けたのだ。中を漁《あさ》った形跡がある。しかし、飾り職人にふさわしくないものなど、見られて拙《まず》いものは入っていない。

　枕屛風《まくらびょうぶ》の位置もずれている。何者かが、この部屋の中を調べたのは間違いない。

　障子を開けて庭を見た。

　土に微《かす》かに足跡がついている。庭まで調べたようだ。

　まさかと思ったのは幸吉のことだ。幸吉のあとをつけている間、この部屋はずっと留守だ。安心して、調べることが出来る。もっとも、こんな狭い部屋ならさして時間はかからない。

　幸吉は市松をわざと誘《おび》き出したのか。たまたま、留守を知っていて忍んだのか。

　留守を知っていて忍んだのだとしたら、長屋の住人だ。

　房次郎の女房のおはるか、浪人の成瀬三之助か。向かいの大工佐五郎の女房のおとしということも考えられる。

大道易者の夢見堂が仕事に出ていたかどうか。

いったい、誰が何の目的で忍んだのか。いや、風神一族しか考えられない。新しく引っ越してきた男に疑いを向けたのだろう。

暮六つの鐘がなって、市松は部屋を出た。

幸吉の住まいを訪ねると、まだ帰っていなかった。市松は長屋を出て、『天狗屋』に行った。

飯も食わしてくれるので、夕餉《ゆうげ》をここでとろうとした。小上がりの座敷に、幸吉が来ていて、ひとりで酒を呑《の》んでいた。

「おう、あんたか」

幸吉は顔を上げた。

「きょうはすまなかったな」

「気にしないでくれ」

市松は向かいに座った。

「酒に、焼き魚の定食だ」

注文をとりにきた小女に言ってから、

「どうした、なんだか深刻そうな顔じゃないか」

と、市松は改めて幸吉の顔を見た。

「あれから歩き回っていて思いだしたことがあるんだ」

「なんだ？」

「『信濃屋』を辞めたあと、俺が荒れていたとき知り合った男がいる。俺を助けてくれた彫物師のところで彫り物をしていた丹治《たんじ》って男だ。一時期、丹治といっしょに賭場《とば》にも出入りをした」

幸吉は間を置いて、

「負けが込んでいた丹治が俺を押込みに誘ったんだ。俺が真顔で断ったら冗談だと笑っていた。だが、俺は薄気味悪くなって丹治から離れて行ったんだ。もしかしたら、丹治がそのときのことを根に持っていて……」

小女が酒を運んできて、幸吉は口をつぐんだ。

「丹治とはどこに住んでいたんだ？」

市松は手酌で酒を注いできいた。

「回向院《えこういん》裏だ。だが、今もいるかどうかわからない」

「丹治の歳、人相は？」

「三つ上だから三十二歳だ。長身だ。細面で青白い顔をしていた。目は細く、陰険そうだった」

市松は自分をつけてきた男を思いだしてみた。それほど背は高いようではなかった。

「丹治とは何年も会っていないんだろう」

「ああ、会っていない。たぶん、どこかで俺を見つけてあとをつけて住まいを見つけたのかもしれない」

「考えられるな」

市松は頷《うなず》き、

「丹治のことを、いちおう、丑蔵親分にも話しておいたほうがいい」

と、勧める。

「いや、そんなことをして、もし違っていたら、今度こそ、俺に仕返しをするかもしれない。俺が会って確かめる」

「だめだ。へたをしたら、またつきあいがはじまってしまうかもしれない」

「じゃあ、どうしたらいいんだ?」

幸吉は困ったような顔で上目づかいでこっちの顔を見た。

俺に行かせたがっていると思った。幸吉に何か魂胆があってのことか。仮にそうだったとしても、それに乗ってみるつもりだった。部屋に忍び込んだのが丹治かどうか確かめたかった。

「わかった。俺が会ってみよう」

市松は請け合った。

「いや。そこまでしてもらっては……」

口とは裏腹に、幸吉の目には期待するような光があった。

「なあに、乗り掛かった船だ」

市松は焼き魚で飯を食ってから、

「俺は先に帰る」

と言い、勘定を払って店を出た。

長屋のほうに行かず、市松は鎌倉河岸に向かった。

三河町三丁目、二丁目、一丁目と過ぎて濠《ほり》に出た。河岸の柳のそばに立った。しばらくして、職人ふうの男が横に立った。

「俺だ」

源四郎だ。まるで、立ち小便をする恰好《かっこう》で濠に目をやりながら、

「何かあるか」

と、きいた。

「幸吉という男がいます。五年前まで市ヶ谷の『信濃屋』で奉公をしていたと言います」

幸吉について話し、

「岡っ引きの丑蔵親分から空き巣の疑いをかけられています。そのことで、丹治という男が関わっているようなので、私は丹治を調べてみようと思います」

「わかった。私は『信濃屋』を当たってみよう」

「それから、幸吉のあとをつけていた留守中、私の家に何者かが入り込み、柳行李の中を探り、庭まで調べていました」

「やはり、そなたの素性を疑ってかかっているな。用心せよ」

そう言い、源四郎は小用を足し終えた体で、引き返していく。千鳥足でいかにも酔っぱらっているようだった。

翌日、市松は夕方まで仕事をし、長屋を出た。

柳原《やなぎわら》通りからまだ賑《にぎ》わっている両国《りょうごく》広小路を抜け、両国橋を渡った。橋の下を通る屋根船から三味線と太鼓の音が聞こえてきた。

柳橋《やなぎばし》から金持ちが芸者を上げているのだ。市松は欄干に寄って下を覗《のぞ》く。やがて、船が見えてきた。

万が一、誰かに見られていた場合に備えてのことだ。うらやましげに見ている姿に、俗っぽい男だと安心するはずだ。

橋を渡りきり、回向院の裏にまわる。辺りは暗くなっていた。幸吉からきいた裏長屋に行き、ちょうど木戸口でいっしょになった日傭取《ひようと》りらしい男に声をかける。

「ちょっとお伺いします。この長屋に、丹治さんはお住まいでしょうか」

「丹治だと？　知らねえな。そんな男はいねえ」

「五年ぐらい前までここに住んでいたはずなんですが」

「それなら俺はわからねえ。俺は一年前からだからな」

日傭取りの男は日に焼けた顔に苦笑を浮かべた。

「その頃からいるのは、一番奥の鋳掛け屋の爺《じい》さんだ。もう帰っていると思うぜ」

そう言い、日傭取りの男は一番奥の家に行き、戸を叩《たた》いた。

「とっつぁん。いるかえ」

「誰でえ、そんなに叩くな」

中から声がした。

「いるみたいだ。じゃあな」

「すみません」

見かけによらず、親切な男だった。

「失礼します」

市松は戸を開けた。

「誰でぇ」

ちんまりした年寄りが徳利《とっくり》を手に酒を呑《の》んでいた。

「私は市松と申します。じつは以前、こちらに住んでいた丹治さんを捜しています。丹治さんをご存じでしょうか」

市松は土間に入った。

「丹治か。懐かしい名だ」

「ご存じですか。今、どちらにいらっしゃるかわかりませんか」

「知っている」

しわくちゃな顔をしかめた。

「どちらでしょうか」

「なんで、丹治のことを捜しているんだ？」

「はい。丹治さんの昔の知り合いに頼まれましてね。なんでも、留守中に丹治さんがそいつを訪ねたらしいんです。あいにく留守をしていて会えなかった。だから……」

「そんなはずはないぜ」

年寄りは市松の声を遮った。

「と、申しますと？」

「丹治は今、八丈《はちじょう》だ」

「八丈？」

「八丈島だよ」

「えっ。いったいまたなぜ？」

市松は信じられずにきく。

「喧嘩《けんか》でひとを刺しちまった。命はだいじょうぶだったが、逃げたあげく捕まっちまった。もう三年になる」

「……」

「だから、丹治が訪れるはずはねえんだ」

「刺した相手っていうのはどんなひとなんですかえ」

「賭場《とば》での喧嘩らしい」

「丹治さんに身内は？」

「いねえよ。まあ、泣く人間もいなけりゃ、待っている人間もいねえ」

「そうですか」

「せっかくやって来たのに無駄骨だったな。どうでえ、いっぱいやっていくか」

「とんでもない。そうそう、丹治さんは体に彫り物を入れていたそうですね」

「ああ、見事な彫り物だったな」

やはり、幸吉が言っていた丹治に間違いないようだった。

「お邪魔しました」

市松は鋳掛け屋の爺さんの家を出て、木戸に向かった。疑うわけではないが、念のために大家を訪ねた。

やはり、丹治は遠島になっているということだった。店子《たなこ》が罪を犯したことで、奉行所からも激しい叱責《しっせき》を受けたと、大家はこぼした。

市松は両国橋を渡った。さっきより、屋根船の数は増えている。

幸吉をつけていたのは丹治ではなかった。幸吉は丹治ではないことを知っていて、市松にそんな話をしたのではないか。またも、そんな疑いが芽生えた。

長屋を留守にさせるためか。まだ、家の中を探すつもりなのか。いや、もうその必要はないはずだ。

そうだ。幸吉がわざわざ市松を住まいから遠ざける理由はない。そう考えれば、幸吉はほんとに丹治だと思っていたのかもしれない。

柳原通りは暗いが、まだときたまひととすれ違った。そのとき、ずっと両国橋からついてくる者が気になっていた。饅頭笠《まんじゅうがさ》をかぶった侍だ。

堂々とついてくるので、帰り道がいっしょなのだろうと思っていた。しかし、人通りが絶えると足早になり、またひとがやってくると足を緩める。そんなことが二度あった。気配からひとりだ。

八辻ヶ原に出て三河町への道に向かいかけたとき、月が雲に隠れ、さっと辺りが暗くなった。

背後で地を蹴《け》る足音が聞こえた。殺気を感じて、市松はなにげなく振り返るふうを装い、抜身の侍を見て、

「ひぇえ」

と、悲鳴を上げて腰を抜かしたように尻餅《しりもち》をついて、相手の剣から逃れた。もし、向かっていって相手を倒したら、今後、市松は働きづらくなる。ただ者ではないとわかってしまうことは、今後の長屋でのことを考えたら避けねばならなかった。

市松は悲鳴を上げ、転げ回りながら相手の剣をよけた。

「誰か、助けてください」

市松は叫ぶ。

相手を倒すことは簡単だが、それは出来なかった。

市松は立ち上がって逃げる。だが、武家屋敷の塀に追い詰められた。

「金なんか持ってねえ。どうか、お助けを」

市松は怯《おび》えたように言う。

だが、饅頭笠の侍は無言で迫る。笠の内の顔はわからない。大柄な体で、腕も太い。弱い振りをして、身を守るには限界があった。

相手の懐に飛び込んで投げ飛ばすか、足払いをして倒すか。それをしなければならないほど追い詰められた。

相手が上段に構え、斬りかかろうとしたとき、

「待て」

と、声がして誰かが走ってきた。侍だ。

市松はあっと叫んだ。成瀬三之助だった。

饅頭笠の侍は三之助に体の向きを変えた。

「辻強盗《つじごうとう》か」

三之助が口にするや、饅頭笠の侍はいきなり斬り込んだ。三之助も抜刀して相手の剣を弾《はじ》いた。休む間もなく饅頭笠の侍は剣を繰り出す。三之助も激しく応戦した。

ふたりとも出来ると、市松は思った。両者はいったん離れ、互いに正眼に構えた。

だが、饅頭笠の侍のほうが息が上がっていた。

三之助が間合いを詰める。相手はあとずさる。なおも、三之助が迫ると、いきなり饅頭笠の侍は足の向きを変えて逃げ出した。

その背中を見送り、三之助は刀を鞘《さや》に納めて振り向いた。

「だいじょうぶか」

「へい。危ういところをありがとうございました」

市松は着物についた土を払いながら言う。

「おや、おぬしは？」

「はい。隣の市松でございます」

「何があったんだ?」

「わかりません。わけもわからないまま、いきなり襲われました」

「辻強盗でもなさそうだ。まあ、歩きながら聞こう」

「へえ。両国橋からずっとつけてきました」

「両国橋から?」

「ええ。堂々とついてくるので、帰る方向が同じなのだとばかり思ってました。そしたら、今になっていきなり襲い掛かったきたんです」

「おぬし、狙われる理由があるのではないか」

「いえ、まったく心当たりはありません。ただ、成瀬さまの向かいに住む幸吉に最近妙なことがあって」

と、市松は空き巣の件を話した。

「今夜も、その件で回向院裏まで行った帰りでした」

「その丹治って男ではなかったのか」

「はい」

長屋に帰ってきた。幸吉に丹治のことを話そうと思ったが、夜も遅いので明日にすることにして、自分の住まいに向かった。

「成瀬さま。ありがとうございました」

　もう一度、礼を言い、市松は腰高障子を開けた。

　土間には天窓から月明かりが射し込んで明るく、部屋の奥は真っ暗だ。台所で、水瓶《みずがめ》から杓《しゃく》で水を汲《く》み飲む。

　部屋に上がり、行灯《あんどん》に火を入れる。

　落ち着いてから、改めてさっきの襲撃を考えてみた。両国橋で待ち伏せていたのは、幸吉からの指示があったからか。市松が長屋から出て行ったときからつけていたとは思えない。市松が出かけるかどうかわからないのに、見張っていたとは思えない。

　それより、市松が両国に向かったあと、幸吉があの侍に知らせに行った。そう考えたほうがすんなりいく。

　だが、幸吉がなぜ、俺を殺さねばならないのかがわからない。奉行所の人間だとわかるには早すぎる。

　その夜、あれこれ考え、市松はなかなか寝つけなかった。

五

路地に入ってきた物売りの声で目が覚めた。納豆売りが引き上げたあとに蜆《しじみ》売りがやってきて路地が賑《にぎ》やかだ。

市松は厠《かわや》に行き、それから井戸端で顔を洗った。

「市松さん。朝飯はあるのかえ」

おはるが気にしてきいた。

「なんとかなります」

「なんとかじゃ、心もとないね」

「お新香さえあれば飯は食えますから」

「そう。遠慮しなくていいんだよ」

「ありがとうございます」

おはるが親切にしてくれるのはありがたいが、亭主の房次郎は顔を合わせても、市松には挨拶《あいさつ》もしてくれない。

面白く思っていないのだろう。おはるはそんなことをまったく気にかけていないようだった。

自分の住まいに戻ろうとしたとき、幸吉が出てきた。

「幸吉さん。あとで話がある」

「わかった。飯を食ったら、そっちに行く」

「いや。こっちから行く」

「わかった」

幸吉は井戸に向かった。

市松は冷や飯に湯をかけ、お新香で食べる。

飯を食いながら、やはりきのうのことに思いが向かう。なぜ、饅頭笠《まんじゅうがさ》の侍は両国橋にいたのか。

飯を食い終え、片付けてから、幸吉の家に向かった。

「いいかえ」

腰高障子を開けて言う。

「ああ。いいぜ」

とうに飯を食い終えていた。

市松は上《あ》がり框《がまち》に腰を下ろした。

「幸吉さん。丹治のことだが」

市松は切り出した。

「三年前に、喧嘩《けんか》で相手に怪我をさせて遠島になったそうだ」

「遠島？」

幸吉は唖《あ》然《ぜん》とした顔をする。

「幸吉さんを貶《おとし》めようとしたのは丹治ではない。別にいるんだ」

「てっきり、丹治かと思っていたんだ」

「幸吉さん。帰り、俺は襲われた」

「襲われた？」

「饅頭笠の侍が両国橋で俺の帰りを待っていた。そこからずっとつけてきて、八辻ヶ原から三河町に向かおうとしたところで襲われた」

「よく無事だったな」

「危ういところを、成瀬さまが助けてくれたんだ」

「成瀬さまが？」

「そうだ。なんで、俺が襲われたのかわからない」

「ひと違いではないのか」

「違う。両国橋で待ち伏せていた。ずっとつけてきた。なぜ、俺が両国橋を渡ることを知っていたのか」

市松は幸吉を睨《にら》むように見て、

「幸吉さん。あんた、俺に何か隠していることがあるんじゃないか」

「隠す？　何を隠すって言うんだ」

幸吉は気色ばみ、

「ひょっとして、俺が饅頭笠の侍に襲わせたなんて考えているのではないだろうな」

と、むきになって言う。

「いや、そうじゃないが……」

「疑っているな」

幸吉は口をひんまげて、

「なぜ、俺がおめえにそんな真似をしなければならないんだ。俺たち出会ってまだ十日余りだぜ」

と、憤然と言う。

「あんたが俺を殺そうとするわけがないことはわかっている」

おまえが風神一族なら説明がつくと、市松は思ったがそのことは口に出せなかった。

「だが、饅頭笠の侍は俺を狙ったんだ。誰でもよかったわけではない。俺にはひとから恨まれる覚えはない」

「俺が空き巣狙いの疑いをかけられたとき、誰かに恨まれているんじゃないかとおめえは俺に言った。俺には心当たりはなかった。だが、おめえはよく考えてみろと言ったので、丹治のことを思いだしたんだ。おめえだって、同じだ。きっと誰かから恨みを買っているはずだ」

「そうかもしれねえ。確かに、自分じゃ気づかないうちに人さまを傷つけているかもしれねえな」

「そうだ。おめえのような色男はさしずめ、女絡みだ。どうだ、女をとりあったことはないか」

「ない」

「そうか」

幸吉が口をつぐんで深刻そうな顔になった。

「どうしたね」

「もしかしたら……」

　幸吉は言いあぐねた。

「なんだ、なんでもいいから言ってくれ」

「おまえは俺の仲間と思われているのだ。なぜかわからねえが、何者かが俺たちを殺そうとしているのかもしれねえ」

「なにか心当たりは？」

「あるわけねえ」

　幸吉はふと思いついたように、

「丹治には仲間はいなかったのだろうか。よし、こうなったら、俺がそれを調べてみる」

　と、不敵に笑った。

　半刻《はんとき》（一時間）後、市松は長屋を出て、本町一丁目にある小間物屋『井筒屋』にやって来た。

　きょうはつけられていないようだった。市松は暖簾《のれん》をくぐり、先日会った番頭に声をかけた。

「番頭さん。市松にございます」

「ああ。おまえさんか」

番頭はすまなそうに、

「芝の親方の手前、おまえさんに仕事を出すわけにはいかないんだ」

「わかっています。きょうはそのことできたんじゃありません」

市松は少し声をひそめ、

「あのあと、私のことで誰かがやってきませんでしたか」

「ああ、やってきましたよ。おまえさんがどんな用でここにきたのかをきいてきました。なんだか、ほんとうに飾り職人なのかと疑っているようでした。だから、腕のいい職人だと答えておきましたよ」

「恐れ入ります」

市松は頭を下げてから、

「で、やってきたのはどんな男ですか」

と、確かめる。

「中肉中背の三十ぐらいの男です。目が細く、顎《あご》が尖《とが》っていました」

つけてきた男だと思った。

その男が幸吉と関わりがあるのか、まったくないのか。

『井筒屋』を出てから、小伝馬町の小間物屋にも寄って同じことをきき、市松は帰途についた。

小伝馬町の牢屋敷《ろうやしき》の脇を素通りしたとき、背後にひとの気配がして立ち止まった。

振り返ると、物貰《ものもら》いが歩いてきた。

「柳森《やなぎもり》神社だ」

物貰いはそう言って離れて行った。源四郎だった。

市松は柳森神社に向かった。背後に源四郎の姿はない。柳原通りを突っ切って、柳原の土手にある柳森神社にやってきた。

社殿で手を合わせていると、いつの間にか物貰いが背後にきていた。市松はそのあとについて、神社を出て裏手にまわった。

「ここならだいじょうぶだ。つけている者もいなかった」

市松のあとをつけている人間がいないか、源四郎は確かめながらやって来たらしい。

「市ヶ谷の『信濃屋』に行き、幸吉のことをきいてきた。確かに、奉公していたそうだ。番頭と喧嘩をしてやめたのも事実らしい。女のことが原因らしい」

「女のことですか」

「辞めたあと、幸吉がどこで何をしようとうちには関係ないと言っていた。その後、奉公人とも付き合いはない」

「そうですか。ほんとうでしたか」

市松は幸吉を疑った自分を恥じながら、

「丹治という男は今、八丈島にいるそうです」

「遠島か」

「はい。それで、そこからの帰り、饅頭笠《まんじゅうがさ》をかぶった侍に襲われました」

市松はその顚末《てんまつ》を話した。

「私が回向院裏に行くことは幸吉しか知りません。てっきり、幸吉が手を回したのかと思ってしまいましたが……」

「妙だな」

源四郎が疑問を呈する。

「なぜ、そなたを殺そうとするのか」

「もしや、私のことが風神一族に知られてしまっているのかとも思ったのですが」

「いや、それはないはずだ。十分に注意して臨んでいる。ただ」

源四郎は息継ぎをし、

「奴らは警戒し、少しでも怪しいと思ったら徹底的に調べようとするだろう。しかし、僅《わず》かな期間で素性がばれるとは思えない」

「以前に住んでいた建具職の亀三のほうはだいじょうぶでしょうか。亀三が私と直接の知り合いでないことを、調べに来た人間に話したりは？」

「それはないはずだ。だが、念のために調べてみよう」

源四郎は言い、

「もう、しばらく幸吉の話に乗ってみてくれ。それと、丹治のことも、私のほうでもう少し調べてみる」

「わかりました」

「先に行け。背後は見張る」

「はい」

市松は先に引き上げた。

明るい陽射しの中に怪しい人影はなかった。

第二章　嫌疑

一

数日後の夕方、市松が仕事をしていると、腰高障子がいきなり開いた。顔を上げると、岡っ引きの丑蔵と定助が入って来た。

「これは親分さん」

市松は鑿《のみ》を起き、立ち上がった。

「市松。ちょっと邪魔するぜ」

丑蔵は勝手に上《あ》がり框《がまち》に腰をおろし、煙草入れを取り出した。市松は煙草盆を丑蔵のそばに置いた。

丑蔵は煙管《きせる》を取り出し、刻みを詰めながら、

「また、空き巣が入った」

と、切り出した。

「……」

「どうした、驚かねえのか」

「いえ。まさか、また幸吉さんが訪れた家に？」

「そうだ。こうなると、もう偶然ではすまされねえ」

丑蔵は煙草盆を持ち上げ、刻みに火をつける。

「ですが、どうして幸吉さんがそんなすぐばれそうな真似をするんですかえ。訪れた家に忍べば、誰だって疑いを持つじゃありませんか」

「そこだ」

丑蔵は煙を吐いて、

「じつはきのう、幸吉の動きを見張っていたんだ。幸吉は夕方には長屋に帰った。ところが今朝になって、米沢町《よねざわ》に住む後家の家に空き巣が入ったと訴えがあった」

「その家は幸吉さんの得意先なんですかえ」

「そうだ。入ったのは昨日の夜だ」

「では、幸吉さんの疑いは晴れたのですね」

きのうは丑蔵たちが幸吉を見張っていたのだ。

「そうだ。やはり、幸吉が申し開きしたように、幸吉に罪をなすりつけようとする人間がいたんだ」

「幸吉さんのあとをつけていた男はいたんですかえ。いれば、親分さんたちの目に入ったはずですが」

「その家に以前にも、訪れている。そのとき、調べていたのであろう」

「そうですか」

「おう、市松」

丑蔵が煙管の雁首《がんくび》を煙草盆の灰吹に叩《たた》いて灰を落とした。

「そのとき、おめえは幸吉のあとをついてまわったそうだな」

どうやら、尾行者を見つけるために、市松が幸吉のあとをつけたときのことを、丑蔵は言っているのだ。

「はい。幸吉さんをつけている人間がいるのではないかと思いまして」

「どうだ、いたか」

「いえ、いませんでした。それで、元鳥越町で見張るのを中止しました」

「そのあとどうした？」

「そのあと？　あっしは引き上げました」

「幸吉はそれから米沢町の後家の家を訪ねている。おまえはそのときつけて行ったのではないか」

「……」

「どうなんだ？」

　丑蔵が冷ややかな目を向けた。

「ひょっとして、あっしを疑っているんですかえ」

　市松は目を見開いた。

「幸吉が訪れた家に空き巣が入るようになったのは、おまえがこの長屋に引っ越してきてからだ」

「ご冗談でしょう。あっしは……」

　市松は唖然《あぜん》とした。

「この家を改めさせてもらいてえ」

「家を？」

　はっとなった。もし、市松を貶《おとし》めることが狙いなら、この中に証《あかし》となるものをこっそり隠しておけばいい。

「どうだえ」

丑蔵が鋭い日で睨《にら》みつける。

「構いません。どうぞ」

仕方なかった。

「よし。外に出ていてもらおう」

市松は家から追い出された。路地には騒ぎを聞きつけた長屋の住人が出てきていた。この時間、長屋にいるのはおはるとおとし、それに大家の長兵衛だ。

「市松、どういうことだ？」

大家が顔を強張《こわば》らせている。

「大家さん。何かの間違いです。調べてもらえればわかります」

市松は言い繕うが不安は消えない。もし、幸吉が留守中に金を隠していたら……。

家の中には見られて拙《まず》いものは置いていない。その点は安心だったが、もし細工をされていたら、自身番から大番屋まで連れて行かれてしまうかもしれない。取り調べで、奉行所の人間だと気付かれてしまいかねない。

そうなったら、今後の内偵に支障を来す。

四半刻《しはんとき》（三十分）近く経って、ようやく戸が開いた。

「何かありましたかえ」

ふたりの顔つきから何もなかったと安心しながら、市松はきいた。

「いや」

丑蔵は厳しい顔で、

「最初から、証となるものが家にあるとは思っちゃいなかった。金なら、どこにでも隠せるからな」

「親分さん。どうして、あっしに疑いを持ったんですかえ」

市松は確かめる。

「たれこみだ」

「たれこみ？」

「投げ文でな。空き巣は飾り職人の市松かもしれないと記されていた」

「……」

幸吉がそこまでしたのか。しかし、なぜだ。

「最初の三軒の空き巣が、幸吉さんが訪れた家だとはどうしてわかったのですか」

「そのうちの一軒の女主人が、ひょっとしたら幸吉っていう小間物屋かもしれないと言い出したのだ」

「なぜ、そう思ったんでしょう？」

「品物を並べている最中に、厠《かわや》を借りたいと言い出したそうだ。なかなか帰って来ないので、おかしいと思っていたそうだ」

「その女主人とは誰なんですかえ」

「そんなこと、おめえに関わりねえ」

「あっしを疑ったってのは、幸吉さんの疑いは晴れたということですね」

「まだ、はっきりしたわけではない。おめえと幸吉がつるんでいるってことも考えられるからな」

「親分、空き巣狙いはちょっと奇妙じゃありませんかえ」

「奇妙だと？」

「へえ。もし、あっしの仕業だとしたら、幸吉さんの訪れた家ばかりを狙う理由はなんですかえ」

「それは、幸吉に罪をなすりつけるためだろう」

「では、今回はどうして、あっしが空き巣狙いだという投げ文になったんですかえ」

「それは……」

「ひょっとして、今回と前の三件は別人じゃありませんかえ」

「別人だと？」

「あっしが幸吉さんに罪をなすりつけるのなら、今回のことはずいぶん間の抜けた話じゃありませんかえ。親分たちが幸吉を見張っているのに気づかずに空き巣に入るなんて考えられませんよ」

「しかし、投げ文があった」

「投げ文の主は誰なんですね。誰だかわからない者の言い分を信用するんですかえ」

「疑わしいことは調べなくちゃならねえ」

丑蔵は大家に向かい、

「市松には空き巣の疑いがかかっているんだ」

「親分。証がないのに疑うんですかえ」

市松は奉行所の人間として怒りが込み上げてきた。こんなことがふつうに行なわれていたら、無辜《むこ》の人間がたくさん犠牲になってしまう。

「おや、何かあったのか」

木戸を入ってきたのは髭《ひげ》を生やした大道易者の夢見堂だ。辺りはすでに暗くなりはじめていた。

「市松さんに空き巣の疑いがかかっているんだってさ」

おはるが憤慨したように言う。

続いて、大工の佐五郎も帰ってきた。女房のおとしが事情を話している。

「まだ、これ以上、何かをお調べですかえ」

市松は怒りを抑えてきく。

「もう少し待て」

そのとき、木戸を着流しの侍が入ってきた。南町定町廻り同心の木塚朔太郎だ。三十二歳で、切れ者の同心だという評判だが、目尻《めじり》が下がった顔は泣きべそをかいているように見える。

「旦那《だんな》」

丑蔵が朔太郎を迎えた。

「どうだ、何か見つかったか」

朔太郎がきいた。どうやら、家捜しは朔太郎が命じたらしい。

「何も見つかりませんでした」

丑蔵が答えると、朔太郎は市松の前に立った。

「市松か」

「へい」

「少し話がききたい。自身番までつきあってもらいたい」

「自身番ですって。どうして、あっしが自身番に行かなきゃならないんですか」

「疚《やま》しいところがなければ怖くないはずだ」

「やってもないことをやったと決めつけられるのは御免ですぜ」

「つべこべ言わず、ついて来るのだ」

朔太郎は有無を言わさずに命じる。

「幸吉さんが帰ってくるまで待ってくれ」

「あとで連れに来る。さあ、来い」

「市松さん」

おはるが心配そうに声をかける。

「おはるさん。心配しないでいい。すぐ疑いは晴れる」

市松はそう言い残して、朔太郎のあとに従い、丑蔵たちとともに近くの自身番に向かった。

屋根に火の見があり、纏《まとい》や鳶口《とびぐち》、竜吐水《りゅうどすい》などが用意されている。反対側には刺股《さすまた》などの捕物道具。玉砂利を踏んで、自身番の中に朔太郎が声をかける。

「奥を借りるぜ」

「これは木塚の旦那」

詰めていた大家が応じる。

畳敷の三畳間には大家の他に町で雇った番人や書役などがいた。

市松は奥の板敷きの三畳に連れ込まれた。朔太郎と丑蔵が、市松を威圧するように目の前に座った。

「きのう、どこかに出かけたか」

朔太郎がいきなりきく。

「夕飯を食べに行っただけで、すぐ長屋に帰りました」

「誰か、それを明かしてくれる人間はいるか」

「独り身ですからいません。でも、親分さんは幸吉さんを見張っていたそうではありませんか。あっしが夕飯を食って帰ってきたのを見ていたんじゃありませんかえ」

「そこまでは気がまわらねえ」

丑蔵が顔をしかめた。

「ちょっとお訊《たず》ねしますが、今朝、空き巣の被害の届けを受けたそうですが、投げ文があったのはそのあとですかえ」

「そうだ。そのあとだ」

朔太郎が答えた。

「それから、幸吉さんに会って話をきいたんですね」

「そうだ」

「幸吉さんはすぐにあっしがついてまわったことを話したのですか」

「やい、てめえがなぜ問いかけるのだ」

丑蔵が怒鳴った。

「まあ、いい」

朔太郎が丑蔵をたしなめ、

「いや、こっちがききだしたのだ。そなたは、投げ文の主を幸吉だと思っているなら間違いだ。幸吉ではない」

「……」

幸吉には仲間がいるに違いない。その仲間が空き巣に入り、投げ文をしたのではないか。そんな気がしてならない。

だが、証《あかし》がないことを言うのは控えた。

「丑蔵。そろそろ、幸吉が帰ってきているのではないか。定助を迎えに行かせろ」

「へい」

丑蔵が板敷きの間を出て行った。

朔太郎は含み笑いをして、

「今回、盗まれた金は一両だ。一両ぐらい、うまく隠せるだろう」

と、市松を睨《にら》む。

「あっしじゃありません」

「先の三件の空き巣も自分ではないと申すのか」

朔太郎は執拗《しつよう》にきく。

「もちろんです」

「素直に認めれば、刑も軽くなる」

定町廻り同心はこんな取調べをしているのかと呆《あき》れかえった。俺は同心の佐原市松だと名乗ったら、どんな顔をするか。

だが、そのような真似は出来ない。

丑蔵が戻ってきた。

「今、行かせました」

「よし」

朔太郎は頷《うなず》いてから、

「市松。どうなんだ？」

市松は怒りを抑えながら、

「罪を軽くするから喋《しゃべ》れと言われましても、やってないものはやっていないんです」

「しぶといな」

「あっしはあの長屋に移ってから十日目に幸吉さんと親しくなったんです。それまで、幸吉さんのことは知りませんでした。幸吉さんのあとをつけて空き巣を働くなど出来っこありません」

「ほんとうは以前から顔見知りだったのではないか」

朔太郎が狙った獲物は何があっても逃がさないというように迫る。

「違います」

「では、どうしてあの長屋に移り住んだのだ。幸吉がいるからではないのか」

「そうじゃありません」

「やい、市松。いい加減にほんとうのことを言いやがれ」

丑蔵が威《おど》すように大声を出した。

「ほんとうのことでございます」

「どうして、あの長屋にやってきたのだ？」

「神田のほうに住まいを探しているとき、建具職の亀三さんが引っ越しをするというので、代わりにそこに住むことになったんです」

「親分」

番人の男が腰高障子を開けて丑蔵を呼んだ。

丑蔵が出て行った。

「幸吉が来たのかもしれぬ」

朔太郎が呟《つぶや》く。

丑蔵が戻ってきた。

「幸吉のやろう。まだ、戻っていないそうです」

「そうか。まあ、今夜のところは帰そう」

「ここに泊めるんじゃないんですかえ」

「残念だが、確たる証があるわけではない。帰すしかあるまい」

朔太郎が無念そうに言う。

「わかりました」

丑蔵も忌ま忌ましげに頷いた。

「帰っていい。また、明日、話をききに行く」

朔太郎が立ち上がって言う。

市松は月番の大家や番人らに会釈をしながら上《あ》がり框《がまち》まで行く。

市松は自身番を出て、大きく伸びをした。何かおかしいと、市松は思うようになっていた。

罠《わな》にかけたのが幸吉ではないとしたら、誰が市松に罪をなすりつけようとするのか。風神一族に市松の素性がばれたとは思えない。

長屋に近づくと、商家の主人ふうの男がすれ違いざまに、「明日の昼、柳森神社だ」と囁《ささや》いた。源四郎だった。

木戸を抜け、人気のない路地を自分の家まで行く。腰高障子を開けて土間に入ると、すぐにおはると房次郎が顔を出した。

「市松さん。だいじょうぶだったんだね」

おはるが安堵《あんど》したように言うと、房次郎も、

「たいへんだったな」

と、いたわってくれた。

「すみません。ご心配をおかけしまして」

市松は部屋に上がって行灯《あんどん》に火を入れた。

「でも、どうして、市松さんにそんな疑いが？」

房次郎が不思議そうにきく。『松代屋』の通い番頭である房次郎は物腰は柔らかい。

「俺のせいだ」

いきなり、声がした。ふたりの背後から、幸吉が現れた。

「幸吉さん」

市松は思わず大声を出した。

「すまねえ。まさか、市松さんに疑いがかかるなんて思いもしなかったんだ。一度、行商のあとをついてきてもらったって話をしたら、勝手に決めつけやがって」

幸吉は懸命に言い訳をする。

留守中の家捜しといい、回向院裏まで行った帰りに両国橋からつけてきた饅頭笠《まんじゅうがさ》の侍に襲われたりと、幸吉への疑いは強いが、幸吉がなぜそんな真似をするかという理由がわからない。

「もういいよ。すぐ疑いは晴れるさ」

市松は幸吉をなぐさめる。

「市松。だいじょうぶだったか」

大家が入ってきて狭い土間がごった返した。

「大家さん。ご心配おかけして申し訳ありません。でも、あっしは何もしてません」

「当たり前だ。そんなことされていたら、こっちだっていい迷惑だ」

大家は吐き捨てた。

「で、疑いは晴れたのか」

「いえ、まだ、はっきりとは」

「なに、まだ疑いが晴れたわけではないのか」

「へえ」

市松は身をすくめた。

「でも、すぐ明らかになるはずです」

「うむ」

大家は気難しい顔をした。

「大家さん。市松さんはそんな真似をするひとじゃありませんよ」

おはるが市松の味方をした。

「そうですよ、あの丑蔵って岡っ引き。なんでも疑ってかかる蝮《まむし》みたいな……」

「これ、おとし。よけいなことを言うな」

大家があわてたしなめる。いつの間にか大工佐五郎の女房のおとしがきていた。

「あの岡っ引きのために、夢見堂さんだってお縄になりそうだったじゃありませんか」

おとしは言い返す。

「わかった、わかった。よし、今夜はもう遅い。明日だ。さあ、引き上げよう」

大家は皆を追い払い、

「市松。信じているからな」

「はい。ありがとうございます」

大家も出て行き、やっとひとりになった。

市松は引っかかっていたことに気づいた。投げ文に、空き巣は飾り職人の市松かもしれないと記されていたことだ。何者かが市松に罪をなすりつけようとしている。幸吉とは思えない。

市松が取調べを受けたら、当然幸吉のことを口にする。自分に嫌疑がかかる危険を冒して市松を罪に落とそうとするとは考えられない。

二

翌朝、市松は朝餉《あさげ》をとったあと、仕事にとりかかろうとしたとき、いきなり戸が開いた。丑蔵だ。後ろから、定助が顔を出した。

「市松」

丑蔵が上がり框まで近づいた。

「また、自身番ですかえ」

市松はうんざりした。

「いや。そうじゃねえ。ゆうべ遅く、米沢町の後家から届け出があったんだ。盗まれたと思っていた一両が長火鉢のところに落ちていたそうだ」

「落ちていた？」

「そうだ。空き巣に入られたのは勘違いだったらしい」

「勘違いですって」

市松は呆気《あっけ》にとられた。

「そうだ。だから、いちおう、おめえの疑いは晴れた。そういうわけだ。じゃあな」

「待ってくれ、親分」

「なんだ?」

丑蔵が強面《こわもて》の顔を向けた。

「勘違いじゃすまされませんぜ。あっしは泥棒扱いされたんですぜ」

「それがどうした? こっちは疑いがあれば調べるのが役目だ。それとも何か、おめえはおかみの御用にけちをつける気か」

「そうじゃねえ。けど、自身番まで連れていかれたんですぜ。それが、たったひと言で終わりですかえ」

そのとき、大家が乗りこんできた。

「市松。親分さんに向かって、なんてことを言うんだ」

「大家さん。今後のこともあります。言わせていただきます。それは人間だから過ちもありましょう。でも、過ちだったら、ちゃんと謝るのが筋ってもんじゃないですかえ」

「市松。よさないか」

大家がおろおろした。

「やい、市松。文句を言うなら、米沢町の後家に言え」

「あっしを疑ったのは親分たちだ」

「なんだと」

丑蔵が顔を紅潮させた。

「同心の木塚朔太郎さまもいっしょに謝りにくるべきじゃないですかえ」

「てめえ、おかみを愚弄《ぐろう》しやがって。おい、定助。こいつをしょっぴけ。侮辱した罪でしょっぴいてやる」

「親分さん。私からもよく言い聞かせますからお許しを」

大家が懸命にとりなす。

「ならねえ。おい、しょっぴけ」

「親分」

鋭い声がした。

戸口に、成瀬三之助が立っていた。

「そんなことでしょっぴいてどうするつもりだ？　無実の人間を犯人扱いにし、無実が明らかになっても詫《わ》びなかった。そのことに文句を言ったらしょっぴかれたと詮議《せんぎ》の場で市松に言わせるつもりか。それとも、しょっぴくと威《おど》せば、おとなしくなると思ってのことか」

丑蔵は頬をぴくぴくさせた。

「なんだ、おまえは？」

「隣の住人だ。成瀬三之助という」

「関わりねえ。引っ込んでいてもらおう」

丑蔵は強がりを言う。

「親分。おまえさんのやっていることが、同心の旦那《だんな》の威厳を損ねていることに気づいていないようだな。木塚朔太郎どのの評判を悪くすることにしかならぬ。木塚どのから大目玉を食うぞ」

「なんだと」

「市松に謝りに行けと、木塚どのに進言しろ。それともなにか、親分は木塚どのの評判を貶《おとし》めようとしているのか」

「……」

「人間誰にでも過ちがある。だが、問題は過ちだと気づいたあとの姿勢で、人間の値打ちが決まる。木塚どのに、そう、申しておけ」

「行くぞ」

丑蔵は三之助の脇を抜けて、路地から木戸口に向かった。

「成瀬さま。ありがとうございます」

「あまりの無理押しに我慢ならなかった。差し出がましい真似をした。許されよ」

「とんでもない。おかげですかっとしました」

「ほんと。気持ちよかったわ」

おはるも喜んだ。

「市松の疑いが晴れて、よかった」

大家はほっとしたようにいい、

「成瀬さま。ありがとうございました」

と、頭を下げた。

「いや。私はたいしたことはしていない」

そう言い、三之助は出て行った。ちらっと幸吉の顔が見えた。その目が鈍く光ったのを見逃さなかった。

米沢町に住む後家の勘違いだということで、けりがついたわけではない。投げ文の件はどう説明するのか。

幸吉の鋭い目付きが、いつまでも脳裏に焼きついていた。

太陽が中天に上がった。市松は遠回りをして柳原の土手にある柳森神社にやって来た。

参拝客がまばらながら目についた。

社殿で手を合わせ、それから鳥居まで戻る。鳥居のそばに物貰《ものもら》いの男がいた。源四郎だった。

源四郎は神社の裏にまわった。市松も周囲を見回してあとをつける。

植込みの陰で立ち止まった。

「そなたに謝らねばならないことがある」

「謝る？　なんでしょう」

「きのうの空き巣騒ぎはこっちが仕組んだことだ」

「えっ？」

源四郎の言葉に耳を疑った。

「すまなかった。あの長屋に必ず敵がいる。用心をしたのだ。岡っ引きからも目をつけられた人間だと思わせたほうがいいと思ってな」

「じゃあ、空き巣は？」

「私だ」

「源四郎さまが……」

「そうだ。そなたから聞いていた空き巣の件を利用した。あの後家の家は俺も幸吉のあとをつけて知った。幸吉はあの後家と出来ている。だから、頻繁に通っている」

「そういう間柄だったんですか」

「そうだ。ゆうべ、俺は町役人になりすまして後家の家に行った。もし勘違いだったら、すぐに自身番に届けよ。そのまま放っておいて、関わりのない者が犯人にされたら、そなたにも累が及ぶと威したらあわてて自身番に飛んで行った」

「そうでしたか。私は自身番まで連れていかれました」

「うむ。見ていた」

「それにしても、岡っ引きの探索は強引です。あれでは、何の関係もないひとたちが無実の罪で泣かされます」

「お奉行にも話しておく」

「岡っ引きだけではありません。木塚朔太郎さまとて……」

「木塚朔太郎は有能な同心だ。道理を話せばわかる男だ。今回の件とて、不自然なことを感じ取っているはずだ。だが、少し、軽率なところがある。そこをうまく利用するのだ」

「利用ですか」

「あの長屋の誰が風神一族の者かわからぬ。男であれ、女であれ、油断は出来ぬ。周囲はすべて敵だと思わねばならぬ」

「はい」

「だが、敵から警戒されたら探索は難しくなる。そこで、奉行所の人間から睨《にら》まれていたほうが敵も安心する。そういう意味でも、朔太郎や丑蔵をうまく利用するのだ」

「わかりました」

「市松」

源四郎が口調を変えた。

「じつは芸州浅見藩の城下に潜り込むことになった」

「源四郎さまがですか」

驚いてきき返す。

「そうだ。老中も焦っているらしいと、お奉行が仰《おつしや》っていた。併せて、風神一族の土地がある紀伊《きい》にも行くつもりだ。才蔵が何かわかるかもしれない」

「では、かなり長い期間に？」

「いちおうひと月かふた月を考えている」

「そんなにお屋敷を留守にされては……」

妻女が寂しがる、いや夫婦関係にひびが入らないかを心配した。

「これが私の役目だ。誰かがやらねばならぬのだ」

源四郎は覚悟を語ってから、

「それで私の代わりにお奉行との橋渡しになる者を用意した。今後はその者と連絡を取り合うように」

「わかりました。そのお方の名は？」

「まだ、知らぬほうがいい。周囲に気付かれずに自然な形で会うためにも、相手のほうからそなたに接触させる」

「はい」

「その者が私の意を汲《く》んだ者だという証《あかし》は、私の名とそなたの名を合わせて『松原と佐原』が合い言葉だ。そう口にした者がそなたと新たに手を組む者。よいな」

「心得ました」

「その者には、長屋にそなたを訪ねてもおかしくない間柄になれと命じてある。そなたからは、その者を探そうとするな。あくまで受け身でいろ。敵も、そなたに近づこうとするかもしれぬ。その相手に妙な警戒心を起させてはならぬ」

「わかりました」

「それから、丹治のことだが、やはり八丈島に流されていた。丹治の仲間を調べると、丹治とつるんでいた六助《ろくすけ》という男がいた。この男は三年前に殺されていた」

「殺された？　何があったのでしょう」

「そこまで調べてはいない」

「そうですか」

「もし、必要なら木塚朔太郎にやらせるように持っていくのだ。朔太郎をうまく利用するのだ」

「わかりました。そうします」

「では、わしは明日にも芸州に旅立つ」

「どうぞお気をつけて」

「そなたも孤独な闘いを強いられてつらかろうが……」

「いえ、私はだいじょうぶです」

「そなたは好きな女子《おなご》は？」

「いえ」

一拍の間を置いたのは、脳裏を美和の顔が掠《かす》めたからだ。

美和は飾り職人の親方の娘だ。同心の倅《せがれ》でありながら、職人としての素養を身につけさせるために、父は親方のところに通わせた。

職人になるための修業ではなかったが、市松はめきめき腕を上げた。修業に励んだのはいつか美和に自分の彫った簪《かんざし》を贈りたいという思いがあったからだ。

しかし、美和とは好き合っていても、すんなり結婚は出来そうもない。市松は武士であり、身分違いだ。ただ、美和をどこぞの武士の養女にして嫁にもらう手はある。

だが、職人の娘が堅苦しい武士の妻としてやっていくのは苦労が多いはずだ。それに、市松の役務は密命が多く、何かことが起これば、何日も屋敷に帰れなくなる。ときにはこのたびの源四郎のように何カ月も留守にしなければならなくなるかもしれない。そんな寂しい思いを美和にさせたくなかった。

「因果な役目よな」

自分自身の境遇を言ったのだろうが、市松の気持ちを慮《おもんぱか》っての言葉にもとれた。

「はい」

「では、先に行け」

「はい。失礼します」

市松は柳森神社の脇を抜けて長屋に急いだ。

三

市松が長屋に近づくと、木戸口からさっと離れた男がいた。遊び人ふうの男だ。市松が帰って来るのを待ち受けていたのかどうか。後ろ姿しか見えなかったので、いつか自分をつけてきた男かどうかはわからなかった。だが、そのときの男より、痩《や》せていて背が高そうだった。

男の姿が見えなくなってから、市松は木戸を抜け、長屋の路地に入った。自分の家の腰高障子を開けたとき、背後でも戸が開く音がした。

「市松さん」

幸吉の声だ。

「なんだえ、いたのか」

市松は振り返って言う。

「ちょっといいか」

「ああ」

市松は先に中に入り、部屋に上がった。

幸吉も入ってきた。

「あがるかえ」

「いや、ここでいい」

幸吉は上《あ》がり框《がまち》に腰をおろした。

市松は煙草盆を差し出す。

「いや、いい」

幸吉は煙草盆を脇にやった。

さっき木戸口にいたのは幸吉を見張っていたのかもしれない。もしかしたら、幸吉を空き巣狙いにしようとした男だということも考えられる。

「今度は災難だったな」

幸吉は口を開いた。

「ああ、まったくだ。ひどいめにあった。空き巣に入られたと思ったのは勘違いだったなんて呆《あき》れる」

市松は、源四郎が仕組んだことだというのを胸の奥に押しこめて言う。

「まあ、疑いが晴れてよかった」

「一時は、前の三件の空き巣も俺の仕業ではないかと疑《うたぐ》られた」

「そうか」

幸吉は顎《あご》をさすり、

「あの三件の空き巣狙いはまだ捕まっちゃいねえ」

と、暗い顔で言う。

「あの三件は、幸吉さん、おまえさんをはめようとしてのことではないのか。だから、おまえさんに恨みがある人間がいるのではないかと考えた。だが、そうだとしても、妙だ」

「何が妙なんだ？」

「罠《わな》にはめるにしても空き巣狙いだなんてずいぶんみみっちい。盗まれた金も三件で数両だ。恨みがあるなら、十両以上を盗んで、それこそ遠島か死罪かに持っていったほうがよかったはず」

「……」

幸吉から返事はなかった。

「そうは思わないか」

市松は返事を催促する。

「そう言われればそうだが」

幸吉は呟《つぶや》き、

「あんたはどう思うんだ？」

と、逆にきいた。

「わからねえ。その程度の復讐《ふくしゅう》でいいとでも思っているわけではなかろうが」

市松は首を傾げる。

「俺を罠にはめようとしたのは丹治かと思ったが、あんたに調べてもらったら八丈島にいるという。それで、丹治と仲のよかった六助という男が気になって調べた。そしたら、六助も三年前に死んでいたんだ」

源四郎から聞いていたが、市松ははじめてきくふりをして、

「なぜ、死んだんだ？」

「殺されたそうだ」

「殺された？」

「血の気の多い男だったから喧嘩《けんか》でもしたんだろう」

「おまえさんは六助とも親しかったのか」

「いや。俺は丹治としかつきあっちゃいねえ」

そう言ったあとで、幸吉は声をひそめ、

「隣の浪人は出かけているのか。物音がしねえが」

「出かけたようだ」

「こっちはいるな」

幸吉は左隣に目を向けた。

「いや、今はいないようだ。いたら、絶えず、咳払《せきばら》いや物音がする」

「そうか。じゃあ、誰にもきかれる恐れはないな」

幸吉は頷《うなず》いて、

「市松さん。じつは俺を恨んでいるかもしれない奴をもうひとり思いだしたんだ」

と、切り出した。

「誰だね」

「それが……」

幸吉は言いよどんだ。

「どうしたね」

「驚かないできいてくれよ」

「なんだね、もったいぶって」

「以前、ここに住んでいた建具職人の亀三だ」

「亀三……」

「あんた、亀三と親しいんだろう。なにしろ、亀三のあとに引っ越してきたのだからな」

市松は亀三と一度しか会ったことがない。源四郎が亀三に話をつけただけだ。だが、この長屋に移り住んだのは亀三が引っ越すことになったからだという触れ込みをしていた。大家をはじめ、長屋の者は皆そう思っているはずだ。

「亀三さんと何かあったのか」

亀三の名を出した幸吉の腹のうちを探るように、市松は幸吉の顔色を窺《うかが》う。

「いや。たいしたことではないんだ。亀三もいつも『天狗屋』で夕飯を食っていたんだ。数カ月ぐらい前まで、『天狗屋』におきぬっていうきれいな娘がいた。独り身の男はみなおきぬ目当てで通っていた。亀三も俺もそうだった。そのおきぬの前で、俺は亀三に恥をかかせてしまったんだ」

「なにしたんだ?」

「亀三は五年前に、あっしが奉公していた『信濃屋』に建具職人として出入りをしていたそうだ」

あっと、市松は声を上げそうになった。源四郎の調べはそこまで及んでいない。

建具職の親方からも、『信濃屋』に出入りをしていたとは聞いていなかっただろう。

「顔見知りだったのか」

市松は確かめる。

「いや。見かけただけだ。で、おきぬさんの前で、亀三が『信濃屋』の内儀《おかみ》さんに横恋慕したって話したんだ。そしたら、おきぬさんはいやらしいとひと言呟いて去ってしまった。そのことを、亀三は根に持っていたようだ。亀三は、あんたに何か言ってなかったか」

「いや、何も」

「他に俺のことで何か言ってなかったか」

「聞いていない」

実際は亀三とは一度しか会ったことがないのだから答えようもなかった。

「そうか……」

疑わしい目を伏せて、

「市松さんなら亀三はほんとうのことを話すかもしれない。会ってきてくれないか。

確か、亀三は本郷菊坂《きくさか》町に引っ越したそうだが」

源四郎が用意をした長屋だ。

「わかった。明日にでも行ってみよう」

市松は聞き入れた。

「すまねえな」

幸吉が立ち上がったとき、ふと含み笑いをしたように見えた。やはり、幸吉は油断がならないと思った。

また、饅頭笠《まんじゅうがさ》の侍に待ち伏せさせるかもしれないと、幸吉が引き上げたあと、企《たくら》みについて思いを馳《は》せた。

今度また、饅頭笠の侍が現れたら、幸吉が俺を殺そうとしているのだと考えていいだろう。

午後になって、市松は作業にかかった。といっても、美和のために簪《かんざし》を彫るだけだ。それももうすぐ終わる。あとの仕事の注文をとりに行かねばならなかった。市松は小間物屋からの注文にあるような同じ図柄のものをたくさん作る仕事ではなく、客の注文により精を込めた仕事をしたかった。

「いるかえ」

大家が戸を開けて顔を覗《のぞ》かせた。

「大家さん、何か」

作業を中断して立ち上がった。

「いや、私じゃないんだ。客人を連れてきた。お入りなさい」

「へい」

若い男が入ってきた。

「市松の住まいをきかれたので、案内してきた。小間物屋『井筒屋』からだ」

「『井筒屋』さん？」

「はい。『井筒屋』の手代でございます。じつは番頭さんから、仕事を頼みたいので来ていただけないかと、仰せつかって参りました」

「それはありがたいお話なのですが、私はお客さまからのご依頼の仕事をさせていただいております。もし、同じようなものをたくさんつくることなら……」

「いえ、特別誂《あつら》えの簪をご希望のお客さまがいらっしゃいました。夕方にまたお出《い》でになるのでその頃に来ていただけないかということでございます」

「そうですか」

「市松。何をぐずぐずしている。いい話ではないか。さっそく行って来い」

「わかりました。お伺いするとお伝えください」

「ありがとうございます。さっそく立ち返り、番頭さんに伝えておきます」

手代は引き上げて行った。

「大家さん。すみませんでした」

「いや、仕事の依頼はめでたい話だ」

大家は機嫌よく引き上げて行った。

大家をはじめ、長屋の住人はみな気さくでいい人間ばかりだった。大道易者の夢見堂とはあまり話したことはないが、悪い人間ではなさそうだ。

ほんとうにこの長屋に風神一族の者が潜り込んでいるのだろうか。源四郎の妄想に過ぎないのではないかと思うこともあった。

殺された仙介は風神一族の暗躍を示唆する内容を記した紙切れを口に含んでいた。三河町四丁目久右衛門店と才蔵とだけ読めたのだ。

確かに、三河町四丁目久右衛門店はこの長屋だけだ。しかし、これまでのところ、風神一族を示すような動きはまったくない。

問題は幸吉だけだ。ただ、幸吉の動きは風神一族とは考えにくい。

夕方になり、市松は長屋を出た。

鎌倉河岸を通り、濠《ほり》沿いから本町通りに入り、『井筒屋』に到着した。

土間に入ると、番頭が飛んできて、

「市松さん。申し訳ありません。わざわざ来ていただいたのですが、先方が急用が出来たそうでこられなくなりました。明日、長屋のほうに直接お伺いするということです」

番頭がすまなそうに言う。

「わかりました。お客さまの名は？」

「芸者上がりのような色っぽい年増《としま》で、おつたさんです。お妾《めかけ》さんでしょう。旦那《だんな》から気に入るような簪を作ってもいいと言われたそうです。たまたま、市松さんの話をしたら、すっかり乗り気になりまして」

「そうですか。では、明日、お待ちしています」

「さっきお伺いした手代に案内させますので」

急用だなんて言って約束を簡単に破るのは我儘《わがまま》な人間なのかもしれないと思った。

市松は『井筒屋』を出て、来た道を戻った。長屋に帰って改めて出かけるのもおっくうなので、いつもより早いが、市松は『天狗屋』に寄った。

酒を一本だけ頼んで呑《の》みながら、ふいに亀三のことを思いだした。

焼き魚の定食を運んできた小女に、

「数ヵ月前まで、ここにおきぬという女が働いていたかえ」

と、きいた。

「おきぬさんはいらっしゃいました」

小女は澄んだ目を向けて答える。

「おきぬさんはどんな女《ひと》だったね」

「とてもきれいでしたよ。みな、おきぬさん目当てで来ていましたから」

「そうか」

「お客さん、どうしておきぬさんのことを気にするのですか」

「きれいな女だったと聞いていたから、一度会いたかったと思ってね」

「そうですか。おあいにくさまでした。おきぬさんは酒問屋の若旦那《わかだんな》のところにお嫁に行ってしまいました」

やはり、幸吉が言っていたことはほんとうだったようだ。

飯を食ってから、市松は長屋に引き上げた。

部屋に上がって行灯《あんどん》に火を入れる。念のために、柳行李《やなぎごうり》を確かめたが、開けた形跡はない。もはや、部屋の中を調べる必要もなくなったのだろう。

何者かがこの部屋に忍んだのは間違いない。行商する幸吉のあとについてまわった留守の間だったので、幸吉が仲間に部屋の中を探らせたのかとも思った。だが、忍び込んだのが長屋の人間だったら、市松が出かけたことはわかる。そう考えたら、幸吉が怪しいとは言い切れない。

だが、幸吉は本性を隠していることは間違いない。市松に積極的に近づいてきたのは何かの魂胆があってのことに違いない。

改めて、市松は敵陣の中にたったひとりでいるのだと思い知らされた。


翌朝の四つ（午前十時）ごろ、『井筒屋』の手代が、おつたという女を連れてきた。芸者上がりの姿だけあって垢抜《あかぬ》けて、白い小紋の着こなしにも色気があった。少し眉《まゆ》が濃すぎるような気もするが、かえって勝気そうな目許《めもと》がやさしく見え、頰から顎《あご》にかけての鋭い線も形のよい小さな唇とよくつりあいがとれていた。二十四、五歳だろうか。

「ごくろうさん。もう、いいわ」

おつたは手代に言う。

「じゃあ、あとはよろしくお願いいたします。あっ、おつたさん、帰りにお店にお立ち寄りください」

手代はそう言い、引き上げた。

「私が気に入るような図柄の簪を作ってくださるかしら」

おつたが改めて、市松に顔を向けた。

「他の名人と言われている職人に注文したけど、私は気に入らなかったの。おまえさんで三人目」

おつたはすました顔で言う。

「お言葉を返すようですが、おまえさまの気に入るようなものを作れなどとは所詮《しょせん》無理なことでございます」

「あら、どうして？」

「私はおまえさまがどういう好みなのかわかりません。いえ、口ではいろいろ仰《おつしや》るでしょうが」

「お客の気に入るような仕事は出来ないというわけ？」

「おまえさまのようなお客さまが出された注文をそのまま取り入れてもいいものが出来るとは限りません。きっと、仕上がったものに文句を言うに決まっています」

「あら、なんだかんだと言って、自信がないのね。私が気に入る簪を作ることに」

「いえ、そうじゃありません。私はお客さまが気に入るような簪を作ろうとは思いません。ただ、私はお客さまの雰囲気に似合う図柄を彫るだけです。それで仕上がったものをお客さまが気に入ってくださるかどうかでございます」

「まあ、えらそうに」

おつたは鼻白んだように、

「ようするに私の希望はきかずに勝手に彫るということ?」

「一応お聞きしますが、すべて受け入れられるかどうかはわかりません」

「ずいぶん、強情なのね」

「私には厳しい親方の下で腕を磨いてきたという自負があります。いくらお客さまのご希望でも、自分が納得出来ない仕事をするつもりはありません。それでお客さまが気に入らなければそれまでのこと」

「そう。少し考えさせてもらうわ」

おつたは帰り支度をはじめた。

「わかりました」

「お邪魔さま」

つんとして、おつたは引き上げて行った。

おはるが戸を開けて入ってきた。

「市松さん。いいのかえ、怒って帰っちまったよ」

「へえ。仕方ありません。これが、私のやり方ですから。それに」

と、市松は続けた。

「私のところで三人目だと言ってました。あのようなお方はなんでも難癖をつけるに決まっています。どうせ、あっしが作ったって、気に入らず、文句を言うでしょう」

「そうね。でも、『井筒屋』さんのほうはだいじょうぶなの？」

「『井筒屋』さんも持て余して、あっしに押しつけたんですよ。最初から、『井筒屋』さんがあっしに仕事をまわすのがおかしいと思ってました」

「市松さん、あれでよかったのよ」

おとしが顔を出した。

「あら、おとしさんはそう思うの？」

「そうよ。どうせ、金持ちの旦那からたくさんのお手当てもらっていて、贅沢三昧《ぜいたくざんまい》に暮らしている女でしょう。あんな我が儘な女に振り回されることはないじゃない」

「でも、お客さんは大事に」

「おはるさんのところは番頭さんだからお客さんのことを第一に考えるんでしょうけど、市松さんは職人だよ。職人は……」

「何言い合っているんだ。路地まで筒抜けだ」

大家がやって来た。

「大家さん。聞いてくださいな」

おはるがことの顚末《てんまつ》を話す。

市松は苦笑しながら、三人のやりとりを聞いていたが、ふとおったもなぜ、あのように我を張ろうとしたのかと、気になった。

まさか……。市松ははっとした。

四

夕方になって、市松は幸吉に見送られて長屋を出た。

「すまねえな」

幸吉の声を背中に聞いて、本郷に向かった。亀三に会うためだが、饅頭笠《まんじゆうがさ》の侍が現れるのではないかと思っている。

もし、現れたら、幸吉が企《たくら》んだことだとはっきりする。

昌平《しようへい》橋に向かいかけたとき、

「市松」

と、声をかけられた。

「あっ、木塚の旦那《だんな》に丑蔵親分」

同心の朔太郎が市松の前に立ち、

「どこへ行くんだ?」

「へえ、ちょっと」

「幸吉に何か頼まれたのか」

「えっ、どうして?」

「木戸で、幸吉が何か言っていたようじゃねえか」

丑蔵が口を入れた。

「いえ。あっしは知り合いを訪ねに行くところでして」

「知り合いだと」

た。

「とんでもない」

答えながら、朔太郎や丑蔵をうまく利用するのだという源四郎の言葉を思いだし
「誰だ？　言えねえ相手か」

「ええ」

「じつは、幸吉がこんなこと言い出したんです。あっしが引っ越す前に住んでいた建具職の亀三という男が幸吉を貶《おとし》めようとしている……」

市松はふたりの関係を話した。

「ふたりは『信濃屋』を通じて見知っていたわけか」

朔太郎は何かを考えながら言う。

「そうだそうです。亀三さんからはその話を聞いていませんが」

「亀三が『信濃屋』に出入りをしていたというのは、幸吉の話だけか」

「へい」

「それで、亀三に会ってきてくれと頼まれたのか」

「そういうわけです。じゃあ、あっしは急ぎますんで」

会釈をし、市松は昌平橋を渡り、やがて本郷通りに入った。案の定、丑蔵がつけ

てきた。定助とふたりだ。

市松は舌打ちした。これでは饅頭笠の侍は飛びだしてこられない。幸吉の企みかどうかためす機会を失してしまう。

まだ、西の空に明るさが残っている。襲撃するならば暗くなってからだろう。現れるのは帰り道だ。それまでに尾行をまけばいい。そう思いながら、本郷通りから菊坂町のほうに曲がった。

ふたりはまだつけてきた。このまま亀三のところに行くしかない。菊坂町に入り、亀三の住んでいる長屋を訪ねた。

だが、亀三はまだ帰っていなかった。いっきに辺りは暗くなり、やがて暮六つ(午後六時)の鐘が鳴りだした。

しばらく木戸口に立っていたが、何人か帰ってきた男たちの中に、亀三らしき男はいなかった。

四半刻《しはんとき》(三十分)経って、市松は諦《あきら》め、親方の所に行ってみようと思った。親方の家はこの先の小石川片町《こいしかわかた》だと聞いている。

そっちに歩みだしたとき、前方の寺のほうから悲鳴が上がった。市松はすぐにそのほうに駆けだした。

丑蔵たちも悲鳴を聞いたらしく、追いかけるように走ってきた。

市松は山門の前で立ち止まり、耳をすました。寺の脇から男が飛びだしてきた。

足元をよろけさせている。

「どうした？」

市松は声をかけた。

「ひとが死んでいる」

あえがせていた男の口からやっと言葉が出た。

「どこだ？」

叫ぶようにきいたのは丑蔵だ。

「寺の脇だ」

男は指さしながら言う。

市松は丑蔵と定助とともに走った。

寺の脇に木立があり、木の根本に足が見えた。

駆け寄ると、職人体の男がうつ伏せに倒れていた。丑蔵が男の体の向きを変えた。

心の臓が黒く滲《にじ》んでいた。

「匕首《あいくち》で殺《や》られている」

丑蔵が言う。

市松は男の顔を見つめた。三十代半ばぐらいだ。市松はあっと叫んだ。

「亀三さんだ」

「なんだと、亀三だと」

「そうです。亀三さんです」

どうして、亀三が殺されなければならなかったのか。

「まだ、体に温《ぬく》もりがある。殺されて間がない」

丑蔵が亡骸《なきがら》を検《あらた》めて言う。

「定助。自身番に知らせて来い」

「へい」

定助が走って行く。

なぜ、亀三が殺されなければならなかったのか。幸吉の件と関わりがあるのか。

市松は呆然《ぼうぜん》と亀三を見つめていた。

市松は長屋に帰ると、幸吉の住まいの腰高障子を開けた。

「おう、帰ってきたか。どうだった?」

幸吉がにやつきながら言う。目の前に湯呑《ゆの》みと徳利《とっくり》があった。酒を呑んでいたようだ。

市松は幸吉の前に座った。

「どうしたんだ、そんな怖い顔をして」

「亀三が死んだ」

「死んだ？」

幸吉はわざとらしくきき返す。

「殺されたんだ」

「殺されるようなことをしていたのか」

「おまえさん、何か知っているんじゃないのか」

「何をだ？」

「亀三が殺された理由だ」

「どうして、俺が知っていると思うんだ。悪い冗談はやめてくれ」

幸吉は湯呑みを口に運んだ。

「なぜ、俺を亀三に会いに行かせた？」

「何言っているんだ。亀三が俺を恨んでいないか確かめるためじゃないか。忘れたのか」

　幸吉は笑みを引っ込めて、

「おい、市松さんよ。おまえは何か誤解をしているぜ。俺は、亀三が空き巣狙いの罪をなすりつけようとしているんじゃないかと疑った。それだけだ。だからと言って、ひと殺しなどするわけはない。割りが合わない」

「今夜、どこにいた？」

「ずっとここにいた」

「誰か、明かしてくれるか」

「独り身だ。そんなものいやしねえ」

「長屋の者に会ってないのか」

「あいにく、俺はおまえのように長屋の連中には好かれていない。だから、誰も訪ねて来ない」

「厠《かわや》に行かなかったのか」

「さっきまで横になっていたんでな。物音も隣には聞こえなかっただろう」

「横になっていた？」

「ああ、つい眠気を催してな」

幸吉は答えてから、

「いい加減にしてくれ」

と、色をなした。

「俺を疑っているとしたらとんだお門違いだ。もし、俺が下手人だとしても、仲間にやらせたかもしれないではないか」

「いや、殺るとしたら、おまえさんだ。仲間は亀三の顔を知らないだろうからな」

「……」

「俺を見送ったあと、別の道を通って本郷に先回りをしたのだ。親方の家からの帰りを待ち伏せして亀三を殺し、ここまで逃げ帰った。そう考えることも出来る」

「呆《あき》れ返るぜ」

幸吉は笑ったあとで、

「どうして俺が亀三を殺らなければならないんだ？　わけを聞かせてもらおう」

と、眦《まなじり》をつり上げた。

「おまえさんは何かを隠している」

「隠す？」

幸吉は薄ら笑いを浮かべ、

「おいおい、市松さん。隠しているのはあんたではないのか」

と、きいた。

市松はすぐに返答が出来なかった。俺を奉行所の人間だと気づいているのか、と息を呑んだ。

「俺はな、亀三の代わりにあんたが引っ越してくると聞いたので、亀三本人に確かめたんだ。そしたら、何だかんだと言葉を濁しやがった。俺はぴんときた」

「何がぴんときたんだ？」

「ふん。いいか。亀三がいなければ、おめえだって手足をもぎ取られたようなもんだ。もう、おめえだって怖くねえ」

どうやら奉行所の人間だと疑っているのではないようだ。幸吉は何か勘違いしている。そう思った。

それが何かわからないが、それを探るためにも、幸吉に話を合わせていたほうがいいだろう。

「やはり、亀三を殺したのはおまえさんだな」

「俺は知らねえな。亀三のような男は他にもひとの弱みを握って威《おど》しているんだろうからな。殺したいと思っている人間は何人かいてもおかしくねえ」

弱みか。亀三は幸吉の弱みを握っていたのだろうか。

「やはり、亀三さんが言っていたことはほんとうだったのだな」

市松ははったりを言った。

「何のことかわからねえが、亀三は嘘つきだからな。おめえも騙《だま》されているんだ。なあ、市松さんよ」

急に幸吉は猫なで声になった。

「もう亀三もいないんだ。つまらねえことでいがみ合っていても仕方ねえ。どうだえ、ここらで手打ちといかねえか」

「考えておこう」

「そうかえ」

「その前にきいておきたいことがある」

「なんでえ」

「俺のあとをつけてきた男は仲間か」

「なんのことでえ」

「俺が小間物屋『井筒屋』に行ったときに中肉中背の三十ぐらいの男がつけてきた。目が細く、顎《あご》が尖《とが》っていたそうだ」

「俺は知らねえ」

「とぼけるな」

「とぼけちゃいねえよ」

「では、饅頭笠《まんじゅうがさ》の侍はどうだ？」

「なんのことかさっぱりわからねえ」

幸吉はとぼける。

「まあいい。今夜のところはこれで引き上げる」

「ああ、頭でも冷やして寝ることだ」

幸吉は厭味《いやみ》を言う。

「そうしよう」

市松は幸吉の家を出た。

自分の家の腰高障子の前に立ったとき、木戸を成瀬三之助が入ってきた。

「成瀬さん、今、お帰りで」

市松は声をかけた。

「うむ」

「仕事ですかえ」

「成瀬さん。先日、助けてもらったお礼がまだです。今度、馳走《ちそう》させてくださいな」

「気にするな」

「いえ、一度、成瀬さんと酒を酌み交わしたいと思っていたもので」

「わかった。好きにしろ」

そう言い、三之助は自分の家に消えた。

市松は部屋に上がり、行灯《あんどん》の明かりをともした。淡い光に、味気ない部屋が浮かび上がる。

この長屋に来て半月以上経つ。母はどうしているだろうか。八丁堀の屋敷が恋しかった。美和にも会いたい。だが、そういう欲望は抑えねばならなかった。

亀三が殺された。殺《や》ったのは幸吉に違いない。亀三は何か幸吉の弱みを握って恐喝していたようだ。

弱みとはなんだろうか。幸吉は五年前まで市ヶ谷の『信濃屋』にいたのだ。だから、風神一族とは関わりない。

だが、『信濃屋』を辞めたあと、風神一族と縁が出来て、雇われて働いていることも考えられる。もちろん、真の狙いは知らされずに、風神の命ずるまま動いている。そのことを、亀三が感づいた。

そうだとすると、幸吉の背後には風神一族がいることになる。饅頭笠の侍やあとをつけてきた男こそ風神一族ということになる。

亀三が殺されたと知ったら、さぞかし源四郎は驚くであろう。風神一族探索で長屋に市松を送り込むために部屋を空けさせた亀三がよりによって風神一族の手掛かりを摑《つか》んでいたことになるのだ。


翌日の昼過ぎ、仕事をしていると、腰高障子が開いて丑蔵が顔をだした。

「市松、ちょっと顔を貸してもらいてえ。自身番に木塚の旦那《だんな》が待っている」

「自身番？　また、あっしに何かの疑いですかえ」

「そうじゃねえ。亀三のことで、いろいろききたいことがあるのだ」

「わかりました」

立ち上がって、市松は膝《ひざ》に落ちた削り滓《かす》を手で払う。

外に出ると、丑蔵と定助が待っていた。

おはるが飛びだしてきて、

「市松さん。今度はなんだえ」

と、きいた。

「心配ねえ。ききたいことがあるだけだ」

丑蔵がうるさそうに言う。

大家も出てきた。

「市松の力を借りるだけだ。心配するようなことじゃねえ」

丑蔵は大家にも言った。

「大家さん。すぐ帰ってきます」

市松は安心させるように言って丑蔵たちと木戸を出た。

自身番の奥の板敷きの間に通された。

「すまねえな。ここが一番、話をするのにいいんだ」

木塚朔太郎が言い訳を言う。

「へえ」

「きのう、亀三は小石川片町の親方の家をいつもの時間に出たそうだ。おそらく、下手人は待ち伏せていて、現場に連れ込んで殺したのだろう」

朔太郎が切り出した。

「怪しい人間を見ていた者はいないんですかえ」

「あいにくいなかった。夕暮れで、行き交う人間はかなりいたようだが、誰も気にもとめていなかったようだ」

「そうですかえ」

「ゆうべ、幸吉はおまえを見送っていたな」

丑蔵がきいた。

「へい。亀三さんに会ってきてくれと言ったのは幸吉ですから。見送るというより、ほんとうに亀三のところに行くのか心配だったのかもしれません」

「おい、市松」

丑蔵が睨《にら》みつけるようにして、

「おめえは、亀三を殺った人間に心当たりがあるんじゃねえのか」

「いえ」

「しらっぱくれるな。幸吉だと思っているのではねえのか」

「あっしが帰ったら、幸吉は長屋の自分の部屋で酒を呑《の》んでました」

「おめえを見送ったあと、別の道を通って先回りをし、殺してから逃げ帰って何食わぬ顔で酒を呑んでいた。そう考えたんじゃないのか」

「……」

「今朝、『信濃屋』に行ってきた」

　朔太郎が話題を変えた。

「やはり、亀三は『信濃屋』に出入りをしていた。五年前まで奉公していた幸吉とは顔を合わせたことがあると、主人は言っていた」

　幸吉の言うとおりだったようだ。

「幸吉はお店を辞めたあと、自棄《やけ》になって体に彫り物を入れたそうだ。たまたま、幸吉と再会した手代のひとりが別人のようになっていた幸吉と会ってびっくりしたようだ。酔いつぶれて倒れていたのが彫物師の家の前で、助けられたこともあって体に彫り物を入れたと話していたそうだ」

「へえ。幸吉もそう言ってました」

　市松は答える。

「その頃、ふたりの間に何かあったのではないかときいたが、特にそのようなことはなかったそうだ」

「幸吉が言うには、その頃、亀三は内儀《おかみ》さんに横恋慕していたと」

「横恋慕だと。そんな話はしていなかった」

「そうですか」

「あの長屋でいっしょに住むようになったあと、亀三と幸吉の間になにかあったのだ」

亀三は幸吉の秘密を摑んだようだという話は出来なかった。その秘密が風神一族に絡むことだとしたら、慎重に対処しなければならない。

「何かきいてはいないか」

「居酒屋の『天狗屋』で働いていたおきぬという娘とのことで、もめたようなことを言ってました」

「そんなことで殺しまでするとは思えぬな」

朔太郎は首を傾げた。

「市松。おめえ、亀三からあの長屋のことを教わったそうだな」

また、丑蔵が口をはさんだ。

「へい、そのとおりで」

「どうして、亀三はあの長屋から引っ越したんだ？」

「親方の家まで遠くて通うのがたいへんだからと言ってました」

源四郎から聞いたことを言う。

「おめえは、どうしてあの長屋に住むことにしたんだ？」

「たまたま亀三さんが住んでいたところが空くというので、じゃあそこに住もうと思ったんです」

「おめえはあの長屋に引っ越す前から幸吉のことを亀三から聞いていたんじゃないのか」

「いいえ、聞いちゃいません」

「じつはな、最近、亀三は金回りがよかったらしい」

「……」

「親方も他の弟子も不思議がっていた」

部屋を空けさせるために源四郎が金を渡したのだろうか。いや、そうではない。幸吉の秘密を握って揺すったのだろうか。

「もし、亀三が幸吉を揺すっていたとしたら、亀三の金回りがよかったことも、幸吉が亀三を殺す理由にも説明がつく」

朔太郎は言い、

「市松。亀三からほんとうに何も聞いていないのか」

「ええ、聞いちゃいません。もし、秘密を握っていたら、あっしなんかに話しはしないでしょうよ」

「そうだな」

朔太郎は顔をしかめてから、

「よし、もういいぜ」

と、言った。

「もし、何か気づいたことがあったら知らせるんだ」

「へい」

市松は立ち上がった。

自身番を出て、長屋に帰った。

部屋に上がって行灯《あんどん》に明かりをともし終えたとき、腰高障子が開いて、おはるが顔を覗《のぞ》かせた。

「市松さん。お客さんだよ」

そう言い、おはるは引き上げた。戸口に立っていた人影に、市松は目を凝らした。

五

細身の女が土間に入ってきた。おつただった。

「おはるさんのところで、待たせていただきました」

おつたは悪びれることなく、

「あれから考えましてね。やはり、あなたにお願いしようと思います」

「おつたさんでしたね」

市松は改めておつたと向き合った。

「先日、お話ししたようにあなたの気に入るようには作りません。私が感じたとおりのものしか出来ませんが、それでよろしいので？」

「ええ、構いません」

「でも、どうしてですか」

「何が、です？」

「決して自分の言い分を曲げようとしない強いお気持ちがおありでした。そんなあなたが、どうして折れたのですか」

市松は警戒するようにきく。

「旦那《だんな》よ」

おつたは苦笑する。

「旦那がやって来たので、あなたとのやりとりを話したら面白がって、その職人を

「ためしてみろと言うの」

「ためす?」

「そう。つまり、あなたの感じるままに図柄を彫ってもらう。それが、私の気に入るものかどうか。私が気に入ったら、あなたの勝ち、気に入らなかったあなたの負け」

おつたは微笑みを浮かべ、

「いかがかしら」

と、挑むように言った。

そんなことを楽しむような女には見えなかった。この女は何か魂胆があって近づいてきたのかもしれないと思った。

「わかりました。やらせていただきます」

市松は内心で警戒しながら、穏やかに言う。

「あなたが、私をどんなふうに見たのか楽しみだわ」

「では、私のやり方でやらせていただけるのですね」

「ええ、もちろん」

「そうですか。では、改めて明日、お出《い》で願えませんか。今夜は遅いのでゆっくりお話をしている時間はありません」

「お話ってなに？」

「あなたのひととなりを知りたいのです。あなたがどこで生まれ、どんな暮しをしてきたのか、親御さんはどのようなお方か。そして、今はどんなことをしているのか、そのようなことをお聞かせねがいたいのです」

「面倒なのね」

「これが私のやり方ですから」

市松は一歩も譲らぬように、

「たかが簪《かんざし》一本ぐらいのことでとお思いでしょうが、職人にとってはその一本に魂を込める、大仰に言えば、命を賭《か》けているわけですから」

「まさか、住んでいる家も見たい、旦那にも会わせろって言うんじゃないでしょうね」

「いえ、そこまでは望みません」

「まあ、いいわ。じゃあ、明日参ります」

「夜道、だいじょうぶですか」

「ええ。心配ないわ」

おつたは土間を出た。

市松はおつたが木戸に向かった気配を察し、戸を開ける。ちょうど、おつたが木戸を出て行くところだった。

市松は路地に出て、木戸口まで行った。

おつたは須田町のほうに向かう路地を曲がった。人気のない通りを、おつたはさっそうと歩いて行った。


おつたがやって来たのは翌朝の四つ（午前十時）前だった。

路地に明るい声がして、おつたが腰高障子を開けて土間に入ってきた。

「どうぞ、お上がりください」

「じゃあ、上げてもらうわ」

おつたは部屋に上がった。

対座するなり、

「どうぞ」

と、おつたが言う。

「では、さっそく。生まれはどこですかえ」

「旅先よ」

「旅先？」

「ええ。母は旅芸人だったの。たぶん、お伊勢《いせ》さんの近くの宿で生まれたんじゃないかしら。父親は知らない。母が教えてくれなかったから。母は赤子の私を連れて諸国をまわった」

隣で、おはるが壁に体を寄せて聞き耳を立てているような気がした。

「十歳のとき、深川《ふかがわ》の仲町《なか》の芸者屋さんの仕込みっ子になって……」

おつたの身の上話がほんとうかどうか、市松には考えがつかない。

「今の旦那は半年前に落籍《ひか》されたの。お座敷でくどかれて。でも、こんな暮し、退屈よ。芸者の頃のほうが楽しかったわ」

「旦那はどんなお方なんですか」

「旦那のことまで話さなきゃいけないのかしら」

「いや、ただ、どんなお方かと思いまして。まあ、大店《おおだな》の旦那なのでしょうが」

「そうね」

おやっと思った。ぽんぽんと歯切れのよかったおつたの声の調子が変わった。

「旦那というのは……、ひょっとして武士？」

「ごめんなさいな。それ以上は勘弁して」

武士であることを認めた。

また、かすかに胸がざわついた。料理屋で芸者を呼んで遊ぶ武士とは……。ましてや外に妾《めかけ》を囲うのは直参ではない。外泊は出来ないからだ。

各藩の江戸留守居役ではないかと思った。各藩の留守居役は料理屋で会合を持ち、情報を交換しあっている。藩の金を自由に使える身だ。その金で妾を囲っているとなれば、藩主に対する背信になるかもしれない。

おつたのために憂慮をしたのではない。留守居役だとしたらどこの藩か、気になったのだ。まさか、浅見藩では……。

「どうかしまして？」

「半年前に落籍されたそうですが、だいぶ旦那は熱心だったのですかえ」

「そうね、しつこかったわ」

おつたのほうから誘いをかけたのではないかという気がしたが、そのことを問うても正直には答えまい。

その後、おつたととりとめのない話をして、

「だいたい、わかりました。これで考えてみましょう」

「そう。お願いね。ときたま、様子を窺《うかが》いにきていいかしら」

「ええ、どうぞ」

おつたは市松について深くきこうとしなかった。おつたが風神一族の人間ならば、市松がどんな人間かを探るために遣わされたと考えられる。だとしたら、市松のことを根掘り葉掘りきくはずである。

それをしなかったのは、飾り職人としての腕をみることで素性を探ろうとしたからであろう。探索のために飾り職人を名乗っていたのだとしたら、仕事をさせてみればわかると考えたのであろう。

「あっ、おつたさん」

「なにかしら」

「お住まいをお聞きしちゃいけませんか」

「小舟《こぶな》町よ。じゃあ、ごめんなさい」

おつたは戸口の前で振り返って微笑んだ。

市松は軽く会釈をした。

おつたが出て行って、市松は思わずため息をもらした。気を張っていたのだ。

その夜、市松は成瀬三之助を『天狗屋』に誘った。助けてもらった礼を言うのと、三之助のことを知りたいという思いからだ。三之助が風神一族という考えも捨てきれない。

小上がりの座敷で、三之助と向かい合って、

「成瀬さん。その節はどうもありがとうございました」

と、市松は三之助の猪口《ちょこ》に酒を注ぐ。

「なぜ、襲われたのか心当たりはないのか」

「それが……」

市松は迷ってから、

「幸吉の差し金ではないかと疑っています」

と、声をひそめた。

「幸吉が？」

「はい。あっしの前に住んでいた亀三をご存じですよね」

「もちろんだ」

「亀三が殺されたんです」

「亀三が？」

「はい。証《あかし》はありませんが、あっしは幸吉が亀三を殺《や》ったんだと思ってます」

「わけは?」

「亀三は最近金回りがよかったというのです。亀三は幸吉の秘密に気づき、揺すったのではないかと思っているんです」

市松は三之助の信用を得るためにもある程度は正直に話したほうがいいと思った。その秘密が風神一族に絡んでいるかもしれないことは口に出来ない。三之助が風神一族かもしれないからだ。

「おそらく、あっしもその秘密を亀三から聞いて知っていると思い、饅頭笠《まんじゅうがさ》の侍を金で雇って襲わせたのだと思います」

「そなたには饅頭笠の侍に襲わせ、亀三には幸吉が自分で手にかけたと言うのか」

「はい」

「なぜだ?」

「えっ?」

「なぜ、亀三も饅頭笠の侍にやらせなかったのだ? あるいは、そなたも幸吉が襲ってもよかったのではないか」

「そうですね」

言われてみれば、確かにそうだ。市松を亀三に会いに行かせて、先回りをして殺すより、饅頭笠の侍を使ったほうが、幸吉が疑われずに済んだかもしれない。

亀三の口封じと、おとなしくしないとおまえもこうなるという市松への威《おど》しの一石二鳥を狙ったものだという考えに、三之助は疑問を呈した。

「それに、なぜ、亀三より先にそなたを殺そうとしたのだ。そなたが斬られたら、亀三だって警戒するはずだ」

「じゃあ、どういうことになるのでしょうか」

市松はきいた。

「もしかしたら、幸吉と饅頭笠の侍とは無関係だったのではないか」

「でも、幸吉に頼まれて回向院裏に行った帰りに襲われたのです。あっしが両国橋を渡ることを知っていたのは幸吉だけだ」

「そなたをずっと見張っている人間がいたとは考えられないか」

「いえ、つけられてはいなかったはず」

「回向院裏に行くという話をしたのはどこでだ？」

「ここです」

「ここか」

三之助は少し渋い顔つきで、

「そのとき、近くに誰かいなかったか」

と、きいた。

「いえ、いなかったはずです」

市松ははっとした。そのときのことをまったく覚えていない。近くに誰かいたのかどうかも覚えていない。

そのとき、小女が酒を持って脇を通っていた。

あっと、市松は声を上げた。三之助も小女に顔を向けていた。

「まさか」

戻ってきた小女に、市松は声をかけた。

「なんでしょうか」

「注文じゃない。いつか、俺と幸吉がいっしょに呑《の》んでいたことがあったんだが、覚えていないか」

「いつのことですか」

小女は首を傾げた。

「ふたりで回向院裏に行く話をしていた」

「ああ、思いだしました。脇を通りかかったら回向院って聞こえましたから」

「回向院裏の話をきいたんだな」

「ええ」

「それを誰かに話さなかったか」

「話しました」

「誰にだえ？」

「丑蔵親分の手下の定助ってひとです」

「定助……」

「なぜ、定助が？」

「おふたりが引き上げたあとにやって来て、ふたりがどんな話をしていたかってきかれたんです。だから、回向院裏の話をしていたと……」

小女は泣きそうな顔になった。

「別に責めているわけじゃねえ。ただ、どうだったのかを知りたかっただけだ。気にしなくていいよ」

市松はあわてて言う。

小女は機嫌を直して板場に向かった。

「まさか、あの娘から定助に伝わっていたとは……」

忸怩《じくじ》たる思いに駆られた。もっと周囲に注意を配るべきだったと後悔する。そして、不用意に幸吉を疑ったことでも自責の念に駆られた。

「しかし」

と、市松は三之助に反発するように、

「幸吉と関わりがないとなると、饅頭笠の侍に襲われる理由がまったくわかりません」

「ほんとうに思い当たらないのか」

「へい」

声に力が籠《こ》もっていないことに気づいて、

「あっしは飾り職人ですぜ。他人に恨みを買うような真似はしていません」

と、あわてて言う。

「胸に手を当てて思いだしてみろ」

「へえ」

思い当たるのは風神一族だ。饅頭笠の侍は仲間なのだ。しかし、自分の素性や長屋に住み込む狙いが風神一族に気付かれているとは思えない。

それとも、新しく長屋に引っ越してきた人間はみな疑ってかかっているのか。

「あの饅頭笠の侍、本気でそなたを殺す気はなかったようだ」

「えっ、どういうことですかえ」

「あの侍もかなり腕が立った。そなたは転げ回って逃げたが、本気なら追い詰めて斬っていたはずだ」

「本気じゃないって言うんですかえ。でも、あっしは必死で逃げまわったんですぜ」

「その後、あの侍は現れたか」

「いえ」

「そうだろう」

「でも、それは機会がなかっただけで、いつまた現れるか」

「いや、現れぬだろう。あの侍の真の狙いはそなたに剣の素養があるかを確かめるためだったに違いない」

「まさか。何のために？」

「わからぬ。だが」

三之助がにやりと笑い、

「まあ、本気でかかってもそなたを斬ることは出来なかっただろうがな」

市松ははっとしてきき返す。

「どういうことで？」

「市松」

三之助がぐっと顔を近づけ、声をさらに落とした。

「饅頭笠の侍の目はごまかせても、俺の目はごまかせぬ。そなたは腰を抜かしたように振る舞っていたが、そなたは転がりながら巧みに相手の剣を避けていた。俺が助けに入らずとも、そなたは自分の身を守っていたはずだ」

「違います。あっしはそんなんじゃねえ。ただ、柔術を少し習ったことがあっただけでして……」

市松はあわてて言う。

「やはり、武道の心得があったな」

三之助は含み笑いをした。この男は何者なのだと、市松は思わず気持ちを引き締めた。だが、その後はなにごともなかったかのように、三之助はうまそうに酒を呑んでいた。

第三章　口封じ

一

市松は朝からおったの簪《かんざし》の図柄を考えていたが、つい途中でおったの素性に思いが向いてしまい、考えが中断してしまう。

おったは、市松がまっとうな職人かどうか、その腕前をみることで確かめようとしているのだ。

そこまでするのは、おったもまた饅頭笠《まんじゅうがさ》の侍の仲間だからか。

大きな勘違いをしていたようだと、市松は悟った。成瀬三之助が言うように、幸吉と饅頭笠の侍とは関わりはないのだ。

自分のあとをつけてきた中肉中背の三十ぐらいの男が幸吉の仲間だという証《あかし》はな

い。留守中に長屋の部屋に忍び込んだ人間が幸吉の仲間だという証もない。饅頭笠の侍といい、おったといい、執拗《しつよう》に市松のことを調べようとしている。それほど用心しているのは風神一族だからだろうか。

そして、今また新たな疑いが浮上した。定助のことだ。市松が回向院裏に行くことを、饅頭笠の侍に教えたのは定助ではないかと思えるのだ。

定助も含めて、みな風神一族だろうか。いや、一族の人間とは限らない。風神一族に金で雇われているとも考えられる。

風神一族は巧みに江戸の町に食い込んでいるとみていいようだ。

ただ、定助のことはもう少し調べてみる必要がある。小女から回向院裏の件を聞いたことは間違いないだろうが、そのことを饅頭笠の侍に伝えたかどうかわからない。しかし、定助のことは放っておけない。

もし、おったも風神一族に連なる人間なら定助ともつながりがあるかもしれない。

おったへの疑いから図柄が思いつかず、市松はおったの家を訪ねてみる気になった。今度は、風神一族に関わる者としておったに接するのだ。話の流れによっては饅頭笠の侍や定助のことも口にしてみようと思って、長屋を出た。

晴れていた空に黒い雲が出ていた。鎌倉河岸から竜閑橋を渡り、濠《ほり》沿いを本町一丁目まで行き、本町通りに入る。本町四丁目から伊勢町堀《いせちょうぼり》方面に曲がって、堀沿いの小舟町に向かった。

日本橋川《にほんばし》のほうに向かって数人の人間が駆けて行く。市松はなんだろうと気になり、みなが走って行くあとを追った。

伊勢町堀にかかる荒布橋《あらめ》を過ぎると日本橋川になる。その日本橋川にかかる江戸橋の上に大勢の野次馬が集まって川を見ていた。

市松は江戸橋の袂《たもと》に行き、

「何かあったんですかえ」

と、近くにいた男にきいた。

「土左衛門でしょう」

「土左衛門？」

そのとき、川から何かが岸に上げられた。ひとのようだ。岡っ引きの丑蔵と定助の顔を見つけた。

亡骸《なきがら》は横たえられた。合掌してから丑蔵が亡骸を検《あらた》めた。が、すぐに丑蔵が顔色を変えた。何か不審が見つかったようだ。

丑蔵が辺りを見回した。野次馬を見回しているのだ。その目が市松の顔で止まった。丑蔵は定助に何か命じた。

定助がこっちに目をやり、頷《うなず》いてから近づいてきた。

市松は敵を待ち受けるような強い覚悟で、定助を待った。

「市松」

定助が声をかけた。

「どうしてこんなところにいるんだ？」

「へえ、この近くにお得意さんがいましてね。会いに行くところで、この騒ぎに遭いました」

市松はすかさず、

「お得意さんはおつたさんというお妾《めかけ》さんです」

定助の顔色を窺《うかが》う。

「どこに住んでいるんだ？」

「小舟町二丁目だそうです。きょうははじめてなので……。定助兄いはおつたさんをご存じでは？」

ふたりは仲間かどうか。さらには回向院裏に行く件を、饅頭笠の侍に告げたのが定助かどうかを探るような目になった。

「なんで俺がそんな妾を知っていると思うんだ？」

「芸者上がりの色っぽい女なので」

「妾なんかに関心はねえ」

　定助はおつたの名前に反応しなかった。ほんとうに知らないのか、それともとぼけているのか。

「定助兄い、あの土左衛門に何か問題があったんですかえ。丑蔵親分の顔色が変わったように思えましたので」

「土左衛門じゃねえ。心の臓を刺されていた」

「殺し……。どんな男なんですかえ」

「細面の鋭い顔立ちだ。殺されて数日は経っているようだ」

「数日ですかえ」

「おそらく橋桁《はしげた》に引っかかって誰にも気付かれなかったのだろうよ。こんなところにいると、また疑いをかけられるぜ。下手人が野次馬に混じって様子を窺っていることも考えられるのでな」

「そうですね」

「じつはな、幸吉のことでおめえに話があるんだが、よけいなものが見つかってしまった。とりあえずの始末をつけたらおめえのところに行くからな」

「へい」

同心の木塚朔太郎が駆けつけたので、定助は戻って行った。

朔太郎が亡骸を検めてから立ち上がった。深刻そうな顔をしていた。何かあったのか。市松はなんとなく気になった。

数日前に殺されたという。お奉行との橋渡しになる者を用意したと源四郎が言っていたが、なかなか市松の前に現れない。

まさかとは思うが、確かめずにはいられなかった。

亡骸が戸板に乗せられ、大八車の荷台に運ばれたあと、市松は朔太郎に近づいた。

「木塚さま」

「なんだ?」

「殺された男の素性はわかったんですかえ」

市松は朔太郎の顔を見つめた。

「おめえには関係ない」

朔太郎は厳しい顔で言い、大八車のあとを追った。

丑蔵が近づいて来て、

「市松。あとで、行くからな」

と、声をかけた。

「親分さん。死んだ男の素性はわかっているんじゃないですかえ」

「あとだ」

「ひょっとしておかみの御用に携わる男では？」

「どうして、そう思うんだ？」

丑蔵がじろりと睨《にら》んだ。

「いえ、親分さんたちの顔つきから……」

「まあ、いい。あとで、行くから待っていろ」

丑蔵はそう言い、朔太郎のあとを追った。

大八車を見送っていると、

「市松さんじゃありませんか」

と、後ろから声がかかった。

振り返ると、おつたが立っていた。

「おつたさん」

「どうしたんです、こんなところで？」

「おつたさんのところに行くところでした。もう少し、お話をしないと図柄が思い浮かばないんです」

市松は言い訳をした。

「そう。私はなんだか騒がしいので出てきたんですよ。ちょうどよかったわ。じゃあ、私の家に寄ってくださいな。旦那《だんな》はいないからだいじょうぶ」

「御迷惑でなければ」

「ええ、どうぞ」

市松はおつたに連れられ、小舟町一丁目の町筋を行き、小体な洒落《しゃれ》た感じの一軒家にやって来た。

格子戸を開けて中に入る。

「どうぞ、お上がりになって」

「では」

市松は部屋に上がる。

「こっちへどうぞ」

茶の間のほうに招いた。

おつたは長火鉢の炭をおこす。芸者上がりらしく、壁に三味線が掛けてあった。

「他にどなたが？」

家の中が静かなのできいた。

「通いの婆さんがいるけど、きょうは用事があるとかで来ていないわ」

「じゃあ、この家にふたりだけ？」

市松は当惑した。

「心配ないわ。さあ、座って」

おつたは苦笑して言う。

微妙な話をするには誰にも聞かれないでいいだろうと思い、市松は腰を下ろした。

長火鉢をはさんで、おつたと向き合う。

「酔っぱらって、川にはまったのかしら」

「えっ？」

「今の土左衛門よ」

もし、あの男が源四郎の意を汲《く》んだ男だとしたら、殺しにおつたも関わっているかもしれない。

「数日前に殺されていたそうです」

「まあ」

おつたは目を見開いたが、わざとらしいと感じた。

「近くで起こったから、騒ぎを聞いていたんじゃないですかえ」

市松は鎌をかけるように言う。

「でも、江戸橋まではちょっと離れているわ」

「江戸橋のほうから争いながら江戸橋まで行ったとも考えられますから」

「どうして、こっちのそんなに気にするのかしら。市松さんの知り合いではないんでしょう」

おつたが窺《うかが》うようにきく。

「まあ」

「それより、何の話をすればよいのかしら」

「おつたさんは岡っ引きの丑蔵親分をご存じですか」

「丑蔵親分は知ってますよ」

「定助という手下は？」

「顔を見かけたことはあるけど話したことはないわ。それがどうかしたの？」

「いや、なんでもない」

おつたの表情に何の変化もなかった。

「なんでもないという顔つきじゃないわ。何があったのかしら」

市松は迷ったが、

「じつは先日、あっしは両国橋で待ち伏せていた饅頭笠《まんじゅうがさ》をかぶった侍に襲われた」

と、口にした。

「まあ」

「あっしが両国橋を渡ったのは幸吉に頼まれたからだ。そのことを知っていたのは数えるほどしかいなかった。そのひとりが定助だ」

「……」

「なぜ、あっしを殺そうとしたのかわからないが、饅頭笠の侍に俺の動きを教えたのは定助かもしれねえ」

「そうだとしても、どうしてそんなことを私に話すのさ」

「おつたさん」

市松は口調を変えた。

「おまえさん、なんであっしに注文をする気になったんだね。ほんとうに自分が欲しいものを手に入れたいのなら、他にも名人と謳《うた》われた職人は何人もいる。それなのに、なぜ、よりによってあっしなんかに目をつけたんだ？」

「いくら名人でも年寄りより若い才能のほうがいいと思ってさ」

「そうじゃないでしょう」

市松は首を横に振った。

「おまえさんは、あっしの腕をためそうとしていなさる。違いますかえ」

「なんで、私がそんなことをしなけりゃならないのさ」

「なんのためか、がわからねえ」

ほんものの職人か、偽者かをただし、奉行所の人間かどうかを見極めようとしてのことだ。だが、そのことは口に出せない。

「どうなんだね」

「困ったわね」

おつたはため息をついた。

「なんと言ったらわかってもらえるのかしら」

「正直に言うことだ」

「そうね」

鉄瓶が沸きだした。

「お茶をいれましょうかね」

「いや、いい。話を聞かせてもらいてえ」

「私が飲みたいの」

そう言い、おつたは立ち上がって湯呑《ゆの》みと急須《きゅうす》を取り出した。

市松は黙ってみていた。おつたに動揺した気配はない。落ち着いた仕種《しぐさ》で茶をいれた。

「どうぞ」

湯呑みを市松の前に置く。

「さあ、何から話そうかしら」

おつたは小首を傾げる。

「じゃあ、まず、旦那のことから話してもらいましょうか」

「仕方ないわね」

おつたは湯呑みを口に運んだ。

「ほんとうはもっとずっと先で打ち明けたかったんですけどね」

おつたは居住まいを正してから、

「『松原と佐原』」

と、口にした。

「なに？」

「私は松原源四郎さまに使われている者です。佐原市松さまに手を貸すように仰せつかりました」

市松は耳を疑った。

「女だったのか」

「はい。源四郎さまは、市松さまは誰が敵かわからない中にいる。そのことを承知して市松さまに近づくようにと」

「そうだったのか」

「申し訳ありません」

「いや、謝る必要はない。松原さまは、女だとは一切言わなかった。なかなか、現れないので不思議に思っていた。だから、江戸橋の下で見つかった亡骸《なきがら》が、松原さまが仰《おっしゃ》った男ではないかと思ったりした」

「違います。あの男は風神一族とは関わりありません。いくら風神一族といえど、そこまではわからないはずです。ただ、風神一族は市松さまを警戒し、素性を探ろうとしていることは間違いありません」

おつたは言い切り、

「ただ、あの長屋の誰が風神一族の者かまったくわかりません」

と、困惑げに言う。

「幸吉と成瀬三之助どのは違う。でも、ふたりに秘密は打ち明けられない」

「はい」

「その中で、さっき話したように、定助が饅頭笠の侍とつながっているかもしれない」

「定助ですね。私も注意をしておきます」

「それにしても、才蔵とは何か。ひとの名なのか、それとも、何かの合い言葉なのか」

「源四郎さまの調べを待つしかありません。私たちはふたりだけです。お奉行さまもひとを増やせば敵に目立つ。ふたりだけでやってもらいたいと仰っています」

「そなたはお奉行とは会うことが出来るのか」

「はい。ここにやってきますから」

「なんですと」

「ある藩の留守居役ということになっておりますが、お奉行です。ここでいろいろ指示を仰ぎます」

「そうであったか」

「はい。ですから、私と市松さまは注文主と職人の関係でいかなければならないのです」

「そなたは、なぜ、このような役目を引き受けたのだ？　場合によっては命さえも危うくする任務ぞ」

市松はおつたの気持ちの出所を確かめようとした。

「私は仙介の妹です」

「松原さまの密偵だった仙介の？」

「はい。箱根山中で殺されているのが見つかりました。兄は何かを知らせようとしていたのです。兄の遺志を継ぐ、風神一族の野望をくじくことこそ兄の仇《かたき》を討つことと心得ております」

「そうか、仙介の……」

すべては仙介が風神一族の動きを察知したことからはじまったことだ。

三河町四丁目久右衛門店と才蔵とだけ読めた文。と、同時に芸州浅見家の家老から重役の一部に不穏な動きがあるという訴えが老中にあり、家老が先月事故死している。

何かが起こって、いや起ころうとしている。

「私たち兄弟は軽業一座の芸人の子で、旅から旅への暮しをしていました。でも、軽業一座は表向きの顔で、身の軽さを利用してその土地土地で盗みを働いていたのです。江戸で盗みを働き、かねて探索を続けていた源四郎さまに一網打尽になりました。そのとき、兄と私だけは見逃してもらったのです。それから兄は密偵として働き、私は深川仲町で芸者になりました」

おつたは素性を話した。

「わかりました。私は同心の……」

「源四郎さまから伺っております。市松さまのお父上から教えを受けたと話しておりました。市松さまには辛《つら》いお役目を強いてすまないとも仰っていました」

「松原さまこそ、過酷なお役目をなさっています。でも、誰かがやらねばならないことと、松原さまは仰っていました」

ふと、気がつき、

「長居をしては疑われる。私たちはあくまでも注文主と職人の関係で」

「はい。失礼なことを申すかもしれませんが、お許しを」

「お互いさまだ。では」

市松は立ち上がった。

外に出ると、空はどんよりとしていた。

二

長屋に帰り着いたとき、雨がぽつりと降ってきた。

部屋に入ったあと、追いかけるように腰高障子が開いて、幸吉が入ってきた。

「降ってきやがった」

幸吉は舌打ちしてから、

「ちょっといいかえ」

と、口にする。

「なんだね」

「なんか冷たくねえか」

幸吉が口許《くちもと》を歪《ゆが》めた。

「考えすぎだ」

「そうかえ」

幸吉は上《あ》がり框《がまち》に腰を下ろし、煙草入れを取り出した。

「吸うのか」

「ああ」

市松は煙草盆を差し出す。

幸吉は煙管《きせる》を手にして、

「丑蔵親分は亀三殺しで俺に目をつけているのか、俺のことを嗅《か》ぎ回っている。商売に出ていても、尾行がついていて迷惑な話だ」

「違うのか」

「まだ、そんなことを言っているのか。俺には亀三を殺《や》らなきゃならねえ理由はねえ。そのことはあんたが一番わかっているはずだ」

「……」

幸吉に亀三を殺らなければならない理由はない。そのことは確かだ。だが、それはこっちが気がついていないだけで、ふたりの間には何かあったのではないか。そう思っても、それが何か想像も出来ないので、幸吉を追及することは出来ない。

「なあ、市松さん」

幸吉が猫撫《ねこな》で声《ごえ》になった。

「亀三の件に俺は関係ないと、丑蔵親分に話してくれないか」

「俺の言葉なんて、あの親分は聞いちゃくれない」

「そんなことはない。亀三が殺された頃、俺は長屋にいたってことを話してもらえればいい。俺はあんたが顔を出したとき、酒を呑《の》んでいたんだ。そう話してくれればいい」

「俺の言うことなんか聞き入れてもらえない」

「いいかえ。本郷まで往復して、あの時間にのんびり酒を呑んでいられると思っているのか。よく考えてみろ」

確かに、幸吉の言い分にも理がある。

「また、丑蔵親分があんたのところに聞き込みに来るはずだ。ちゃんと話してくれ。頼んだぜ」

幸吉は立ち上がった。結局、煙管を出したが、煙草を吸わなかった。

腰高障子を開けたとき、いきなり激しい降りになった。

「ひでえ降りだな。これじゃ、斜め前の家に行くだけでびしょ濡《ぬ》れだ」

幸吉が悲鳴を上げた。

「待ってくれ」

思いついたことがあって、市松は呼び止めた。

「傘なんていらねえよ」

「傘じゃねえ。話がある。戻って来てくれ」

「なんでえ」

軒を激しく打つ雨音で、隣家の物音がかき消される。

「まあ、座ってくれ」

再び、幸吉が上がり框に座ってから、

「おれがおまえさんに代わって丹治のことを調べに回向院裏に行った帰り、両国橋で待ち伏せていた饅頭笠《まんじゅうがさ》の侍に人気のない場所にさしかかったとき、襲われた。が、危ういところを成瀬さまに助けてもらった」

両隣に聞こえないように、市松は声をひそめて言う。

「饅頭笠の侍なんて知らねえ」

幸吉も小さな声で答える。

「ほんとうだな」

「嘘は言わねえ」

「最初はおまえさんの差し金だと思った。回向院裏に行くのを知っていたのはおまえさんだけだ。そう思っていたからな。だが、俺が回向院裏に行くのを知っていたのは他にもいたんだ」

「誰だ？」

「丑蔵の手下の定助だ」

「あの男がおまえを殺そうとしたと言うのか」

「わからねえ。だが、俺が回向院裏に行くことを、『天狗屋』の小女から聞いていたのは間違いない」

　そのときの様子を話した。

「なぜ、あの男がおまえを殺さなきゃならねえんだ？」

「理由はわからない。だが、襲われたのは事実だ。おまえさんじゃなければ、定助だ」

「俺じゃねえ」

「わかっている。そこでだ、定助のことを調べてくれないか」

「岡っ引きの手下のことを調べろと言うのか。冗談はよしてくれ」

　幸吉は目を剝《む》いて、露骨に不快そうな顔をした。

「もし、定助の秘密を摑《つか》んだら、今後何かと有利になるんだ。それこそ、定助に亀三殺しは幸吉ではないと言わせることが出来る」

「うむ……」

幸吉は唸《うな》った。

「どうだ？」

「岡っ引きの手下だぜ。そんなことをしていることがばれたら、どんな仕返しが待っているか。それこそ、強引に亀三殺しの下手人にされてしまいかねない」

「だめか」

市松は落胆した。

「おめえがやればいいじゃねえか」

幸吉は言い返す。

「俺にはそんな才覚はねえ」

「そんなことはない」

「いや、無理だ」

市松は素性を疑《うたぐ》られるような真似は控えねばならないのだ。

「すまねえな。俺はしばらくおとなしくしていたいんだ」

「わかった。こんなことは無理強い出来ねえ。丑蔵親分に亀三殺しの件はうまく話しておく」

「すまねえな」

口許に微《かす》かに浮かべた笑みを隠すように、幸吉は顔を横に向けた。

翌朝、雨は上がったが水たまりが出来ていた。

市松はやって来た丑蔵と共に長屋木戸を出た。おはるとおとしが心配そうに見送っていた。

行き先はまた自身番だった。奥の三畳の板敷きの間に、木塚朔太郎が待っていた。

「このほうが気兼ねなく話が出来るのでな」

朔太郎は平然と言うが、やはり自身番は罪を犯した疑いがある者が取調べを受けるところであり、気持ちのいいものではなかった。

「同じ長屋に幸吉がいるから、おめえに話を聞くのも難しいのだ」

丑蔵は言い訳のように言う。

「幸吉には彫り物があるそうだな」

朔太郎が切り出した。

「ええ、あります。なんでも、『信濃屋』を辞めさせられたあと、自棄《やけ》から酒びたりになって彫物師の家の前で倒れ、そこで世話になった。そのことがきっかけで彫り物を入れたと話していました」

「そうだ。じつは、その彫物師に話を聞いてきた。幸吉という男を助けたあと、彫り物を入れたと言っていた」

朔太郎が答える。

「彫り物を入れると強くなれると思ったそうだが、確かに効き目はあったようだな。ずいぶん、幸吉はふてぶてしくなった」

丑蔵が横合いから口を入れる。

「亀三と幸吉は、『信濃屋』で何か揉《も》め事《ごと》でもあったのではないかと調べたが、何も出てこなかった。幸吉が亀三を殺す理由もない。それから、空き巣狙いも、幸吉に罪をなすりつけようにも、亀三は親方の仕事場に毎日出ていて、幸吉のあとをつけて行くことなどありえないとわかった」

「亀三は金回りがよかったといい、誰かの秘密を握って金を強請《ゆすり》とっていたようだ。おそらく、強請られていた人間が亀三を殺したのかもしれない。その相手が幸吉だという証《あかし》は見つからねえ」

丑蔵はさらに、

「親方の家を出た亀三を見かけた人間がいたんだ。連れがいた」

「連れが？」

「そうだ。おそらく、連れの男が下手人に違いねえ。だが、幸吉ではないようだ。背恰好《せかっこう》からして違う。痩《や》せて、長身だったそうだ」

「……」

「つまり、亀三殺しは幸吉の仕業ではないと思われてきた」

朔太郎や丑蔵がそう考えていたことは予想外だった。

「確かに、あっしが本郷から長屋に帰り、まっさきに幸吉のところに顔を出したら、ひとりで酒を呑《の》んでました。ひとを殺してきたようには思えませんでした」

市松は幸吉の顔を脳裏に浮かべながら言う。

亀三殺しが幸吉ではないとしたら、誰が……。

「亀三が誰かを強請っていたことは間違いないんでしょうか」

「それもわからぬ。建具職の朋輩《ほうばい》たちは、他人を強請るような人間には見えなかったと言っている」

「そうですか」

「だが、金回りがよかったのは事実だ。どこかから金を手に入れていたのは間違いない」

朔太郎が顔をしかめたのは入手先がまったく摑めないからだろう。

「空き巣のほうも、わからないのですね」

「わからぬ。幸吉だという証はない」

「すると、空き巣と亀三殺しとも幸吉の嫌疑が晴れたことになるのですね」

「そういうことになる」

朔太郎は難しい顔になって、

「振り出しに戻ってしまった」

と、吐き捨てた。

「そこでだ、市松」

「へい」

「空き巣も亀三殺しも、おめえがあの長屋にやってきてから起こっているんだ」

「まさか、またあっしに疑いを……」

「いや、亀三殺しは俺がつけていたんだ。おめえには出来なかったことは俺が確かめてある」

丑蔵が口を入れた。

「だが、こういうことも考えられる。亀三に金を強請られていたのはおめえだということだ」

「なんですって」

朔太郎と丑蔵は隠していた牙《きば》を急に剝きだしにしたように、

「おめえと亀三は親しい間柄らしいが、どんな仲なんだ？」

「いえ、特に親しいという間柄ではありません。ただ、ある仕事先で……」

「まあいい。そんなことはいくらでも言い繕えるのだ。もし、隠していることがあれば、正直に話すのだ」

「あっしは正直に話してますぜ」

市松は呆《あき》れて言う。

「なぜ、幸吉に頼まれて、おめえが亀三に会いに行ったとき、殺しがあったんだ。偶然か」

「……」

「つまり、亀三と確執があったのはおめえだ。そういう見方だって出来る。もちろん、手を下したのはおめえではないが、誰かを雇ったとも考えられる」

「冗談じゃありませんぜ」

「冗談を言っているように思えるのか」

「ええ、そうです。まったくの見当外れは冗談としか言いようがありません」

「そこまで言うなら、おめえにきこう」

丑蔵が睨《にら》み据えた。

「なんでしょうか」

「江戸橋の下で見つかった死体のことで、おめえは妙なことを言ったな」

「妙なこと？」

「忘れたとは言わせねえぜ。おめえは死体の身許《みもと》のことで、こう言ったんだ。ひょっとしておかみの御用に携わる男では、とな」

「そのことですか。確かに」

「どうして、そう思ったんだ？」

「あのときも言いましたように、親分さんの表情から……」

「そんなことでわかるはずはねえ。何か知っていたんじゃねえのか」

「とんでもない。それより、あのホトケさんはおかみの御用に携わる男だったのですか」

「違う。久米彦《くめひこ》という男で、深川の盛り場に巣くっているダニのような男だ。耳寄りな話を摑《つか》んできては、それをネタに強請りを働く、性悪男だ。金のためなら人殺しでもしかねない」

「……」

「市松。おめえ、久米彦を知っていたな」

朔太郎が眼光鋭く見つめた。

「いえ、知りません」

「では、なぜ、あんな言い方をしたんだ？」

「それは……。木塚さまや丑蔵親分の困惑した顔を見て、そう思ったんです」

「そんな話は信じられねえ。それより、なぜ、あんな場所にいたんだ？」

「ですから、お得意さんの住まいを訪ねる途中でした」

「市松」

丑蔵がいかつい顔を近づけ、

「耳の穴、よくかっぽじいて聞くんだ。久米彦の背恰好は痩せて長身だ」

「まさか」

「そうよ。亀三といっしょに歩いていた男とよく似ている。いや、本人だ。俺たちが亡骸《なきがら》を見て困惑した顔をしたのは、亀三といっしょにいた男によく似ていたからだ」

「……」

「久米彦の死体が見つかった場所におめえが現れたのは偶然にしちゃ出来すぎている。心配になって様子を見に来たんじゃねえのか」

「違います」

そう答えながら、市松は亀三殺しが久米彦の仕業だとしたら、幸吉が久米彦に依頼したとも考えられると思った。

だが、幸吉と久米彦のつながりはわからない。

「木塚さま、丑蔵親分。あっしは久米彦って男とは会ったことがありません」

「まあいい。今は何の証もねえが、久米彦の周辺を探れば、下手人も案外早くわかるだろう。よし、市松。もういいぜ」

「ほんとうにあっしではありません」

自分への疑いで間違った探索に走ることは真の下手人を見逃してしまうことになりかねない。こっちの素性を明かして、間違いに気づかせたいが、それが出来ないのがもどかしかった。

市松は腰を浮かしかけてから、

「丑蔵親分。ひとつお訊《たず》ねしてよろしいでしょうか」

と、声をかけた。

「なんでえ」

「はい。定助さんのことです」

「定助？　定助がどうかしたのか」

丑蔵が不思議そうな顔をした。

「定助さんは江戸の人間ですか」

「なぜ、そんなことをきく？」

「ええ」

市松はためらったが、

「幸吉さんの知り合いが回向院裏に住んでいるというので、あっしが会いに行ったことがあります。その帰り、両国橋で待ち伏せていた饅頭笠《まんじゅうがさ》の侍があっしのあとをつけてきて、人気のない場所で襲撃してきたんです」

「いつのことだ？」

「もう、何日も前のことです」

「なぜ、今頃、そんな話をするのだ？」

「最初は幸吉の差し金だとばかり思い込んでいて、いつか尻尾《しっぽ》を摑んでやろうと思っていました。ところが最近になって、幸吉は関係ないとわかったもので」

「襲われる心当たりは？」

「まったくありません。そのとき、たまたま通り合わせた隣家の成瀬三之助という浪人に助けていただきました。ひと違いとは思えません。私が回向院裏に行くことを知っていたのは幸吉しかいないと思い、幸吉を疑いました。でも、定助さんも知っていたのです」

「定助はどうして知っていたのだ？」

「『天狗屋』の小女に話をきかれ、その小女から定助さんはあっしが回向院裏に行くことを聞いたようです」

丑蔵は眉根《まゆね》を寄せて苦い顔で聞いている。

「定助さんが、そのことを別の人間に話すとは思えません。そうだとすると、定助さんが饅頭笠の侍にあっしのことを話したとしか思えないのです」

「定助がなぜおまえに危害を加えなければならないんだ？」

「あっしもわかりません」

風神一族の仲間だとは口に出せない。

「おそらく、定助さんにきいてもとぼけるだけでほんとうのことは言いますまい」

市松は首を横に振る。

「市松。作り話じゃあるまいな」

朔太郎が鋭い声できく。

「とんでもない。お疑いなら、成瀬さまにお確かめください」

「やい、市松。何か魂胆があって定助を貶《おとし》めようとしているのではあるまいな」

「違います。万が一、定助さんが盗賊一味だったらと思いまして」

「盗賊一味？」

「はい。江戸でひと働きするために、送りこまれた男ではないかとも想像したので」

「市松。定助の何を知りたいのだ？」

朔太郎が市松の顔色を窺《うかが》うようにきく。

「定助さんの素性です」

「素性？」

「はい。定助さんには仲間がいるかもしれないのです」

「丑蔵どうなんだ？」

朔太郎が口をはさんだ。

「江戸の人間だと思いますぜ」

「思う？　ほんとうに江戸の人間なのかわからないのですね」

市松は確かめる。

「本人は江戸の人間だと言っている」

「いつ、親分の手下に？」

「三ヵ月前だ」

「最近ですね」

「……」

丑蔵は何か考え込んでいる。

「丑蔵、どうした？」

朔太郎が不思議そうにきいた。

「へえ。定助はなかなかの切れ者で、あっしも重宝して使っているんですが……」

「なんだ？」

「へえ。じつは素性ははっきりしねえんです。三ヵ月前、いきなり、あっしの前に現れて、手下にしてくれと」

丑蔵は当惑ぎみに、

「市松。定助の件は心に留めておこう」

り返ると、定助がじっとこっちを見ていた。

自身番の外に、定助が立っていた。市松は会釈をして脇をすり抜けた。途中、振り返ると、定助がじっとこっちを見ていた。

三

長屋に戻り、木戸を入ると、大家が出てきた。

「市松。どうだったのだ？」

大家が心配そうに声をかけた。

「はい。いつものことでございます。亀三さんのことで、あっしから話を聞き出そうとしていました」

「亀三のことは驚いた。下手人はまだわからないんだな」

「へえ。そのことですが、亀三さんは金回りがよかったそうです。大家さんは何か気付かれましたか」

「いや。金には困っていないようだったが、金回りがいいようには思えなかったな。

ただ、ときたまいい気持ちになって夜遅く帰ってきていた」

「そうですか」

長屋の住人には金回りのいいところを見せなかったようだ。

「じゃあ、あっしはこれで」

「ああ、何かあったらなんでも相談に来い」

「ありがとうございます」

市松は自分の部屋に帰った。

台に向かい鑿《のみ》を手にしたが、すぐに作業に入れなかった。

亀三を殺したのは久米彦かもしれないという。幸吉と久米彦はつながりがあったのだろうか。

やはり、幸吉は何かを隠している。亀三はその秘密に気づいたのだ。その秘密を知る手掛かりはなかった。

ただ、幸吉は風神一族とは関係ないとみていい。関わりがあるのは定助だ。丑蔵も、定助には疑問を持つことがあったのではないか。

定助のことを持ちだしたとき、丑蔵は当惑した顔をした。ふつうだったら、自分の手下にあらぬ疑いをかけられたら怒るのではないか。

丑蔵も定助には何かを感じ取っていたのかもしれない。定助、饅頭笠の侍、そして、市松をつけてきた男。この三人は風神一族か、その配下にある人間に間違いない。

ただ、この長屋に仲間がいるかどうかわからない。少なくとも、幸吉と成瀬三之助は外せるだろう。

小伝馬町にある『松代屋』の通い番頭である房次郎と大工の佐五郎も外せる。房次郎の女房のおはるは『松代屋』の縫い子だったから風神一族とは思えない。ただ、佐五郎の女房のおとしは女郎だったという。

おとしの素性は明らかではない。さらに、大道易者の夢見堂だ。ときたま娘が訪ねてくるという。市松は夢見堂とは親しく言葉を交わしたことはない。

四本の銀の平打ちの簪《かんざし》に梅、桜、朝顔、萩《はぎ》と芒《すすき》をそれぞれ中心に据えることにしてまず毛彫りで梅を描こうとした。

そこに突然、戸の開く音とともに、幸吉が飛び込んできた。

「どうしたんだ、血相を変えて」

「今、定助に会った。おめえに亀三殺しの疑いがかかっているっていうのはほんとうか」

「向うはなんでも疑ってかかるのが商売だ。気にしちゃいねえ」

「そうか。でも、どうして、おめえが疑《うたぐ》られるのだ？」

「亀三との縁からだ」

市松はふと思いつき、

「久米彦って男を知っているかえ」

と、きいた。

「いや、知らねえ」

即座に返答があった。

「深川の盛り場に巣くっているダニのような男だそうだ。金のためなら人殺しでもしかねない。その久米彦が殺された」

「……」

「ほんとうに知らないのか」

「くどいぜ。そんな男は知らねえ。なんで、そんな話をするんだ？」

「亀三を殺したのは久米彦だそうだ」

「……」

また、幸吉は押し黙った。

「俺に疑いがかかったのは、たまたま久米彦の亡骸《なきがら》が見つかったとき、俺が野次馬の中にいたからだ。様子見だと思われた」

市松は相手をぐっと睨《にら》みつけ、

「つまり、俺が久米彦に頼んで亀三を殺させ、今度は口封じのために久米彦を殺した。そういうことだ」

「亀三を殺したのが久米彦だと、どうしてわかったんだ？」

「ふたりがいっしょに歩いているところを見ていた人間がいたのだ」

「ほんとうか」

「丑蔵親分はそう言っていた」

「そうか」

幸吉は表情を曇らせた。

「まあ、俺の疑いはいずれ晴れるはずだ。俺は何もやっていないのだからな。どうした、考え込んでしまって」

「いや、なんでもねえ」

幸吉は首を横に振った。

「俺が久米彦と関わりないとわかったら、今度はおまえさんに疑いが行くかもしれねえ」

「俺には関わり合いのないことだ。そんなことにいちいちかかずらってはいられねえ。俺と久米彦が関係ねえことはすぐわかるはずだ」

幸吉は怒ったように言う。

「そうか。それならいい」

「それより、定助にそれとなくきいてみた」

幸吉が話題を変えた。

「何をだ？」

「おめえのことだ」

「……」

「市松に何か恨みでもあるのかとな」

「饅頭笠《まんじゅうがさ》の侍のことを話したのか」

「そうだ。そしたら、何の話だとしらっぱくれていた」

「素直に認めるはずはないさ」

「そうだ。『天狗屋』の小女から回向院裏の話は聞いちゃいないと言った。もちろん、饅頭笠の侍のことは知らないと」

「うむ。予想どおりの答えだ」

だから、へたにきいても無駄なのだと言いたかった。

「定助はもう一度、おすずに確かめたらどうだと」

「おすずというのか、あの娘」

「そうだ。だから、確かめるために、『天狗屋』に行ったら、あの娘、いなかった」

「いなかった？」

「そうだ。突然、やめて行ったと亭主が言っていた」

「まさか」

「ほんとうだ。なら、自分で確かめてみろ」

「よし」

市松は立ち上がった。

『天狗屋』は昼間から暖簾《のれん》を出している。

市松は店に入った。いらっしゃいと出てきた娘はおすずとは別人だった。

亭主に、

「おすずは？」

と、不安を持ちながらきく。

「おすずは辞めました」

「辞めた？　今、どこに？」

「さあ」

「住まいはどこだったんですかえ」

「多《た》町一丁目の日の出長屋です。でも、もう、そこも引っ越したみたいで」

「引っ越した？」

「あと数年は働くと言っていたんですが、なんだかあわただしく引っ越して行ったみたいです」

「わかりました。長屋に行ってみます」

市松は『天狗屋』を出て、多町一丁目の日の出長屋に行った。二階建て長屋にはさまれた棟割り長屋で、空は狭く、朝陽を見ることが出来ないので、そんな名前にしたのかもしれない。

路地にいた年寄りに、

「おすずさんはこちらに住んでいらっしゃったのですね」

と、市松は声をかけた。

「もう引っ越した」

口をもぐもぐさせて、年寄りは答える。

「どちらに行ったかわかりませんか」

「葛西《かさい》のほうに帰ると言っていた」

「葛西ですか」

「母親の実家が葛西の農家らしい」

「ここには母娘で？」

「そう。母親は酒癖の悪い亭主からおすずを連れて逃げてきたそうだ」

「引っ越す前に、どなたか訪ねて来ましたか」

「いや、誰も」

何者かがおすずに近づいたとしても、店から長屋までの帰り道だろう。長屋には現れていないかもしれない。

「大家さんはどちらに？」

「木戸脇の荒物屋だ」

礼を言って、市松は踵《きびす》を返し、大家の家に寄った。

店番をしていた男が大家で、四十過ぎの目の細い男だった。

「私は市松と申します。『天狗屋』で働いていたおすずさんのことでお訊《たず》ねにあがりました」

「ほう、おすずのことで」

「はい。急に引っ越されたようですね」

「うむ。急だった」

「何かあったのでしょうか」

「亭主に見つかったと言っていた」

「酒癖の悪いという亭主ですね」

「そうだ。酒癖の悪い亭主から母親はおすずを連れて逃げてきた。もう大丈夫と思ったとき、突然、亭主が現れたらしい」

「それであわてて逃げたのですか」

「そうだ」

「何年、こちらにいたのでしょうか」

「三年だ。ここにやって来たとき、おすずは十三歳だった」

おすずは今、十六歳ということになる。

「以前はどちらに住んでいたんでしょうか」

「深川だそうだ」

「深川のどの辺りかは?」

「そこまでは聞いてないが、八幡鐘《はちまんがね》が見えるところだと言っていた」

「八幡鐘ですかえ」

永代寺門前仲町《えいたいじもんぜんなかちょう》辺りか。

「ここに、父親らしい男が現れたんですか」

「いや、現れなかった」

「さっき、住人の方に、葛西に帰ったと聞いたのですが?」

「母親は葛西の出だと言っていたようだが、ほんとうに葛西に帰ったかどうか」

「といいますと?」

「葛西にはもう親戚《しんせき》もいないと言っていたのでな」

「嘘だと?」

「わからねえが、江戸生まれのおすずが葛西に行ったところで百姓の真似は出来まい。一時的に身を寄せても、また江戸に出て来ることだろうよ」

「そうですか」

礼を言い、大家の家を辞去したあと、市松は急な引っ越しの理由を考えた。ほんとうに酒癖の悪い亭主に見つかったからか。

それは口実に過ぎず、市松の追及から逃げるためだったか。

深川に住んでいたのはほんとうかどうか。酒癖の悪い亭主がいたかどうかを確かめれば、すべてはっきりする。

市松はいったん長屋に帰った。

深川まで調べに行きたいのはやまやまだが、へたに動いて風神一族に疑《うたぐ》られても困るのだ。

あくまでも飾り職人として振る舞わねばならないのだ。

おつたに探索を頼むことも考えたが、それも二の足を踏んだ。おつたもまた、疑られてはならないのだ。

迷っていると、市松の脳裏に幸吉の顔が掠《かす》めた。そのとき、市松は腹を決めた。

暗くなる前に、市松は『天狗屋』に行った。

いつもの小上がりの座敷で、幸吉は酒を呑《の》んでいた。周囲に客はいなかった。

市松が前に立つと、幸吉が顔を上げた。

「おめえか」

「いいか」

「ああ」

市松は腰を下ろし、新しい手伝いの女に酒を頼んでから、

「おすずの長屋に行ってみた。おすずの母親は酒癖の悪い亭主からおすずを連れて逃げていたらしい。ところが、見つかってしまった。それであわてて引っ越しをしたということだ」

「そんな話、俺が聞いても仕方ねえ」

「頼みがある」

「頼み？　冗談じゃねえ。よしてくんな」

「その代わり、またおまえさんが亀三殺しの疑いをかけられたら、俺がおまえさんに有利なように話してやる」

「……」

「どうだ？」

「何をさせるんだ？」

「おすず母娘が住んでいた長屋を探してもらいたいんだ」

「そんなことか」

「そうだ。ほんとうにおすず母娘が酒呑みの亭主と住んでいたか調べてきてもらいたい」

「まあ、いいだろう」

その気になってくれたようだ。

「あの長屋に引っ越してくる前、おすず母娘は深川の八幡鐘が見える辺りに住んでいたらしい。そこに行って……」

「すまねえな。やっぱり、断る」

いきなり、幸吉の態度が変わった。

「なんでだ？」

「俺には関わりねえことだからだ」

「いま、その気になってくれていたじゃねえか」

「よく考えたら、そこまでする必要はねえからな」

「礼はする」

「いや、すまねえな。他を当たってくれ」

「どうしてもだめか」

「おめえに関わると、災いに巻き込まれてしまう。これ以上、俺を巻き込まないでくれねえか」

「なんだと？」

「そうじゃねえか。おめえがあの長屋にやって来てから変なことばかり起きる」

「……」

ある意味、当たっていないこともない。おそらく、風神一族は新しくやって来た長屋の住人の身許《みもと》調べを徹底的に行なっているのだ。さらには、空き巣狙いと亀三殺しにも、亀三とのつながりで市松が絡んでいる。

幸吉が腰が引けるのもわからなくはないが、空き巣狙いと亀三殺しは幸吉絡みなのだ。市松のほうが巻き込まれたと言えなくはない。

「だめか」

市松はため息混じりに言う。

「すまねえな」

「わかった。諦《あきら》めよう」

市松はまたため息をついたあとで、

「待てよ。深川と言えば、久米彦も深川だったな」

長屋に戻り、腰高障子に手をかけたとき、中にひとの気配を感じた。用心して戸を開けると、暗い土間に煙草の赤い火が浮かんでいた。

「市松。待たせてもらったぜ」

「親分」

岡っ引きの丑蔵がひとりで待っていた。

四

市松は行灯《あんどん》に火を入れ、改めて上《あ》がり框《がまち》に座っている丑蔵の近くに腰を下ろした。

雁首《がんくび》を灰吹に叩《たた》いてから、

「定助のことだ」

と、丑蔵は切り出した。

「おめえにきいた話をしてみた。確かに、『天狗屋』の小女に回向院裏のことをきいたそうだ。ただ、そのことを誰にも話しちゃいないそうだ。もちろん、饅頭笠《まんじゅうがさ》の侍など知らないと言う」

「そうですか」

定助が素直に喋《しゃべ》るとは思っていないので、どこまで信用出来るかわからない。

「定助が俺の手下になったのは三ヵ月前だ」

丑蔵はさらに続ける。

「護国寺《ごこくじ》のほうの生まれだと言っていたが、俺もそれを確かめたわけではない。手下として使っていた男が倒れてきた材木の下敷きになって大怪我をして動けなくなった。だから、使ってみたら、なかなか目先が利き、そのまま使い続けている」

「親分は、あっしが定助のことを言い出しても叱るどころか、調べてくださいましたね。親分からみても定助には何か思うところがあったんですかえ」

「いや、そうじゃねえ」

丑蔵は当惑ぎみに、

「じつは、定助のことは木塚の旦那《だんな》から言われていたんだ。定助は間違いない男なんだろうなと」

「木塚さまはどうして、そう思われたのですか」

「年齢だ」

「年齢?」

「三十を過ぎて、手下になろうとしたことが、まず気になったらしい。それに、目先が利く人間がいつまでも下っ端で堪えられるはずない。だから、何か、魂胆でもあるのではないかと心配していたんだ」

丑蔵は煙管《きせる》を指先で弄《もてあそ》んで、

「だが、この三ヵ月、それとなく様子を見てきたが、特に不審なところはなかった。ところが、急に降って湧いたようなおめえの訴えだ。木塚の旦那も以前から気にしていたことなので、少し調べてみろということになった」

丑蔵は息継ぎをし、

「それで、別の手下を護国寺まで遣わせた。ところが、何もわからねえ。定助を知っている人間が見つからないんだ」

「護国寺の生まれではなかったんですかえ」

「定助は護国寺のほうと言ったのだ。音羽《おとわ》一帯にはいなかったが、その先かもしれない。そこまでは調べてない」

「定助は詳しい場所は話さないんですか」

「ああ、話そうとしない」

丑蔵は苦い顔をして、

「それで、おめえに聞いた話をしたんだ。『天狗屋』の小女からきき出した、市松が回向院裏まで行く話を、他の誰かにしたのではないかとな」

「……」

「さっき話したように、すべて否定した。市松」

丑蔵は口調を改めた。

「定助が嘘をついているかどうかわからないが、今のところはおめえの言うことを裏付ける証《あかし》は一切ないんだ。もちろん、木塚の旦那が気にしているようなことも証はなかった」

「そうですか」

「そこで、逆にききたい」

「へい」

「まず、なぜ、饅頭笠の侍がおめえを襲ったかだ。おめえは心当たりはないと言ったが、人違いでなければ、必ず理由があるはずだ」

「へえ、それがまったくわかりません」

「市松。おめえ、何も隠してはいめえな」

風神一族のことは口に出来ない。

「へえ」

「不思議ではないか。辻強盗《つじごうとう》ではない限り、襲う理由があるはずだ。たとえば、何か見てはいけないものを見たとか、あるいはひとに恨まれるとか……」

「いえ、いっこうに」

　市松は首を傾げてみせる。

「きのう、おめえは、定助が盗賊一味かもしれないと言ったな」

「へえ」

「江戸でひと働きするために、送りこまれた男ではないかということだった。じつは、木塚の旦那もそのことを危惧《きぐ》していたのだ。おめえがそう考えたのは何かあるからじゃねえのか。盗賊一味と接触したとか」

「いえ、ありません」

「おめえが気づかなかっただけだということもある。何か、あるはずだ。よく考えてみろ。いいな」

　そう言い、丑蔵は立ち上がった。

「親分」

　戸口に向かった丑蔵に声をかける。

「なんでえ」

「久米彦のことについては何かわかりましたかえ」

「久米彦は亀三殺しを金で頼まれたのだ。深川のならず者の久米彦に、依頼人が訪ねているはずだが、そういう人間が深川に現れた形跡はない。久米彦のほうから依頼人に会いに行っているようだ」

「久米彦のほうからですって」

「そうだ。仲間にきいたら、最近、久米彦はどこかに出かけていたと言っていた。依頼人とどこで会っていたのか、今、それを調べているところだ」

「……」

「市松。まだ、おめえの疑いが完全に晴れたわけではねえ。わかっているな」

最後は威《おど》すように言って、丑蔵は引き上げて行った。

まだ俺を疑っているというのは、強がりではなく、半分本気なのかもしれない。おそらく、幸吉の疑いも解けていないのかもしれない。

無理もないと、市松は思う。亀三とつながりがあるのが市松と幸吉だ。しかし、『信濃屋』の奉公人だった幸吉と深川のならず者の久米彦との結びつきはわからない。

そう思ったとき、市松は気づいたことがあった。丹治のことだ。

幸吉は丹治と彫物師のところで知り合った。その丹治と久米彦が知り合いだったら……。幸吉は丹治を介して久米彦を知っていたのかもしれない。

翌朝、いつものように長屋の路地に納豆売りや魚屋などの棒手振《ぼてふ》りが入ってきて賑《にぎ》やかだ。

市松が路地に出ると、成瀬三之助が納豆を買っていた。

「どうだ、その後、饅頭笠《まんじゅうがさ》の侍は現れぬだろう」

三之助が市松の顔を見て言う。

「へえ。成瀬さんの仰《おっしゃ》るとおりです」

饅頭笠の侍は市松の腕をためすことによって単なる職人ではないかどうかをたしかめようとした。市松は転げ回りながら相手の剣から逃げたので、相手をごまかすことが出来た。だが、三之助には見抜かれていた。

三之助の素性も謎だった。

市松も納豆を買って家に戻った。

朝餉《あさげ》を食い終わって片づけ物もして、仕事にとりかかったとき、

「ごめんなさい」

という女の声とともに、戸が開いた。

おつただった。

「お邪魔します」

「どうも」

市松は仲間であるという思いを捨て去って、

「仕事の進み具合が気になっていらっしゃったのですか」

と、わざと反発するように言う。

「いえ、そんなことは心配していませんわ。ただ、しばらく顔をださなかったので、来てみただけ」

そう言ってから、声をひそめ、

「お知らせしたいことが」

と囁《ささや》いてから元の声の調子になって、

「ぜひ、私が気に入るものを作ってくださいね」

「わかっております。もう少し、作業を進めたらお見せ出来ると思いますので、しばらく待ってくださいな」

「そう。なんだかお邪魔のようだから引き上げます」

おつたは隣にも聞こえるような大きな声で言い、目顔で市松に合図を送った。

「旦那《だんな》がね。心配しているんですよ」

「心配？」

「ええ、その職人でほんとうに大丈夫なのかと」

「そうですか。それは心外です。わかりました。夕方に、途中までですが、お見せしにお住まいまでお訪ねします」

「そう。そうしてもらえると助かるわ。じゃあ、お待ちしてますから」

おつたは土間を出て行った。

知らせたいこととは何か。源四郎から何か言ってきたのだろうか。しかし、まだ日数は少なく、十分な調べが進んでいるとは思えない。

気になったが、急《せ》いてはならないと気持ちを抑える。

夕方に、市松は小舟町にあるおつたの家を訪れた。

格子戸を開けて土間に入ると、男物の履物があった。迎えに出たおつたが、

「どうぞ」

と、上がるように勧めた。

奥の部屋に行くと、四十ぐらいの武士が待っていた。

「あっ、倉田《くらた》さま」

市松は思わず声を上げた。

「佐原市松。ご苦労だな」

内与力、奉行所内の倉田惣兵衛《そうべえ》がいたわるように言った。

内与力の与力ではなく、お奉行が赴任するときに自分の股肱《ここう》と頼む家来を連れて来るのだ。お奉行が任を解かれたら、引き上げてしまう。十人いる中で、惣兵衛はお奉行の腹心であった。

「驚かせてしまったようだが、松原源四郎が江戸を離れたあと、お奉行は私とおつたをそなたとお奉行とのつなぎ役にしたのだ。源四郎が話さなかったのは、大事をとってのことであろう」

「他に、今回の件に携わっているのは？」

「今のところ、ここにいる三人とお奉行に源四郎だ。この先、事態が深刻になれば、あらたなひとの投入もあろうが我らだけ」

惣兵衛は厳しい口調で言う。

「わかりました」

「これまでのもろもろのことはおつたから聞いて、お奉行にも話してある。きょうきてもらったのは、源四郎から早飛脚が届いたのでそのことをそなたに知らせようとしてな」

「松原さまからですか。では、向うで何かわかったのでしょうか」

「いや。大井川《おおい》だ。源四郎は仙介を肩に乗せた人足に偶然会ったそうだ。人足の話では、先に輦台《れんだい》で川を渡ったふたりの男のあとを追っていたそうだ」

「ひょっとして、そのふたりの男の特徴を？」

　市松は緊張した。

「そうだ。源四郎はききだした。輦台を担いだ人足らの話から、ふたりとも道中合羽《かっぱ》に道中差し、三十代半ばぐらいの商人ふうの男だったそうだ。ひとりはずんぐりむっくりでいかつい顔、もうひとりは細身で渋い感じの男だったそうだ。残念ながら、それ以上の詳しい特徴はわからぬ。だが、それだけでも、大いに助けになるだろう」

「はい」

　ふたりに似た特徴の男はまだ見かけていない。

「それから、人足の話では、仙介のあとからも道中合羽に道中差しの男がふたりやって来ていたそうだ。おそらく、前を行くふたりの仲間だったに違いない」

「兄はその者たちに殺されたのですね」

おつたが息を呑《の》んで言う。

「仙介さんはあとから来た男に気がつかなかったんでしょうね」

市松はしんみり言う。

「そうであろう。もし、その連中が風神一族であれば、少なくとも四人の仲間が江戸に入ったものと思える。いや、すでに潜り込んでいるのだ。ともかく、三十代半ばのずんぐりむっくりでいかつい顔と細身で渋い感じの男に注意をするのだ」

「わかりました」

「そのほうから何かお奉行に伝えておくことはあるか」

「いえ。ただ、調べていただきたいことが」

「なんだ？」

「私を襲った饅頭笠の侍に、私の動きを教えた者がおります」

その経緯を説明し、

「そのおすず母娘が葛西に帰ったということです。ほんとうに、母親は葛西の出なのか、そして帰っているのか、そのことを調べていただきたいのです」

「あいわかった。誰かに調べさせ、おつたに知らせよう」

「はい。私は深川の仲町周辺に母娘が酒呑みの亭主と住んでいたかどうかを調べてみるつもりです」

「ともかく、敵のことがまったくわからないありさまでは、そなたの素性も決して悟られてはならない。十分に注意をしてな」

「はい」

「ふたりには辛《つら》い思いをさせて申し訳ないと、お奉行も気にしていた」

「とんでもない。これが私の役目ですから」

「私は兄の仇《かたき》を討つためですから」

おつたも悲壮な覚悟で言う。

「では、私はこれで。長居をしては、疑われますゆえ」

市松は挨拶《あいさつ》をして立ち上がった。

格子戸を出た。無意識のうちに辺りを見回した。怪しい人間はいなかった。日暮れの町筋を急ぎ足で、市松は三河町に帰って行った。

五

翌日の昼下がり、市松は永代寺門前仲町にやってきた。

各町の自身番に寄り、おすず母娘のことをきくのが一番早いが、市松を知っている人間に出くわすかもしれない。

倉田惣兵衛が言うように、市松の素性は何があっても悟られてはならないし、また疑いさえも持たれてはならないのだ。

八幡鐘が見える場所にある長屋を歩き回ったが、おすず母娘の手掛かりはなかった。長屋の大家や長く住んでいそうな年寄りにきいても首を横に振られるだけだった。

長屋から捜すのは無理だと思い、市松は酒呑みの亭主から捜し出すことにした。町内の酒屋を訪ね、客のことをきく。

大酒呑みは何人かいたが、日傭取《ひようとり》りなどの独り者が多く、家族に乱暴を働く男のことはわからなかった。

酒屋をまわっているうちに日が暮れてきた。赤提灯《あかちょうちん》に灯がともった。

酒屋がだめなら居酒屋だ。安酒が呑める呑み屋で、毎晩のように浴びるように呑んでいる男を捜した。

市松は目についた居酒屋に入り、

「すみません。ひとを捜しているのです」

と、亭主に客ではないと断ってから、

「大酒呑みで、酔っては家族に乱暴を働いていたために、おかみさんと娘に逃げ出された男を知りませんか」

「そんな男はごろごろいますぜ」

横で呑んでいた客の男が声をかけてきた。

「そんなにたくさんいるんですか」

「ああ、俺が知っているだけで三人いる」

目の縁を赤く染めている。目の前に空の銚子《ちょうし》が幾つも転がっていた。

「三人ですか。皆さん、おかみさんと娘さんに逃げられたんですか」

「そうよ」

「誰なんですか」

「おまえさんは、誰なんだえ」

男が胡乱《うろん》そうな目を向けた。

「あっしは市松って言います。ゆえあって、おすずという娘と母親を捜しているのです。おすず母娘は大酒呑みだった父親から逃げ出して……」

「いや、俺の知っている男はかみさんといっしょだ。どうやら、違うようだ」

「そうですか。お邪魔しました」

そうやって何軒かの居酒屋をまわったが、捜している男の手掛かりはなかった。

五軒目の油堀《あぶらぼり》川にかかる富岡《とみおか》橋の袂《たもと》にある居酒屋に入った。棒手振《ぼてふ》りや日傭取り、駕籠《かご》かきらしい男たちでいっぱいだった。喧騒《けんそう》もすさまじく、大声を出さないと聞こえない。

「客ではないんです」

市松は叫ぶように、亭主にきく。

「大酒呑みだった父親から逃げ出したおすずという娘を捜しているんです。そんな大酒呑みの男を……」

「知らねえな。今、忙しいんだ」

客ではないと知ると、亭主は邪険に言う。

近くにいた客にも声をかけたが、相手にしてもらえなかった。ちょうど、この時刻、酒がまわり、いい気持ちになっているので、いくらきいても無駄のようだ。

市松は諦《あきら》めて外に出た。半日歩き回っていたので少し疲れが出てきた。

富岡橋の袂で立ち止まり、暗い川を見つめる。手掛かりが摑《つか》めなかったのは捜し出せなかっただけで、おすず母娘が嘘をついていたとまでは言い切れない。

やはり、丑蔵親分に頼んで自身番で訊《たず》ねてもらうしかないかもしれない。これでは、幸吉に頼んでも無理だったと気がついた。

幸吉と言えば……。おすず母娘の探索を頼んだとき、最初は引き受けてくれそうだったのに、あとで急に態度を変えた。

あのときも不思議に思ったが、今から思えば、場所が深川だと言ったあと、急に断ってきたような気がする。

幸吉はなぜ、深川を嫌ったのか。考えられるのは久米彦だ。やはり、幸吉と久米彦は顔見知りだったのではないか。

幸吉は丹治と彫物師のところで知り合った。幸吉は丹治を介して久米彦を知っていたのかもしれない。

ここにくれば、ふたりが知り合いだったことを知っている人間に出会う。だから、こっちに足を向けないようにしていたのでは……。

「おい、おめえだよ」

背後からいきなり声をかけられた。

振り返ると、目付きの鋭い着流しの男が三人、立っていた。

「なんですかえ」

「昼間からこの辺りを嗅《か》ぎ回っていたようだが、いってえ何の真似だ？」

剣呑《けんのん》な顔をした男が顎《あご》に手をやりながら迫った。

「あっしはひとを捜しているだけです」

「だから誰に断ってそんな真似をしているんだ？」

「誰かに断らなきゃならないんですか」

「深川で勝手な真似をするなということだ」

「誰に断れと？」

「まず、俺だ」

「あなたに断りを入れたら、人捜しを手伝ってくれるんですかえ」

「やい。ふざけやがって」

隣にいた大柄な男が顔を歪《ゆが》める。

「この橋の名を知っているか」

もうひとりの頰に傷のある男がにやにやしながら言う。

「富岡橋だが、またの名は閻魔堂橋《えんまどうばし》だ。地獄の一丁目。おめえを地獄に追い込んでやる」

「お言葉ですが、深川の閻魔さまは嘘をついたり悪いことをする人間を地獄に送りこみますが、堅気の人間には御利益をもたらして……」

「この野郎、減らず口をたたきやがって」

大柄な男が太い腕を伸ばし、市松の襟首を摑みにかかった。わざと悲鳴を上げながら、市松は相手の手首を内側からまわすようにして摑んだ。

「いてっ」

相手が叫ぶ。

「どうかしましたか」

「野郎」

頰に傷のある男が懐から匕首《あいくち》を抜き取った。

「危ないじゃないですか」

市松はへっぴり腰であとずさりながら、

「おまえさん方は何者なんだ。誰かから頼まれたのか」

「深川で勝手な真似をするからだ」

市松はあとずさりながら相手の隙を窺《うかが》う。

「誰に頼まれたんだ？　幸吉か」

問題は風神一族かどうかだ。

「うるせえ」

匕首をかざして男が叫ぶ。

その隙をとらえ、市松は橋に向かってかけだした。

「逃がすな」

あわてて、三人が追ってきた。

橋を渡り、閻魔堂が境内にある法乗院《ほうじょういん》裏に駆け込み、市松は立ち止まった。

「もう、逃げられねえぜ」

「教えてくれ。誰に頼まれた？」

「誰にも頼まれちゃいねえよ」

「そこの塀の向うに閻魔堂がある。嘘をつくと閻魔さまに舌を抜かれるぜ」

市松が真顔で言うと、匕首を持った男がひきつった笑い声を出し、

「舌を抜かれるのはおめえだ」

と、匕首をひょいと突き出した。

「やめろ」

「怖いか」

「怖い。だから、誰に頼まれたのか教えてもらいてえ」

「そんなに言うなら、教えてやろう。知らないまま、あの世に行って未練が残っては可哀そうだ」

「兄貴」

「心配するな」

剣呑な顔をした男がにやつきながら、

「死んだ男からだ」

「死んだ男？」

「幸吉ではないのか」

「そんな男は知らねえ」

「もう一度、確かめる。死んだ男というのは江戸者か」

「なぜ、そんなことをきく。生国は知らねえが、江戸の人間だ」

風神一族には関わりない。市松はそう考えた。

他のふたりも匕首を抜いた。本気でやる気だと思った。

「よし。相手になろう」

市松は両手を下げて自然体で立った。

「かかって来い」

「素手じゃどうしようもあるまい。おめえには何の恨みもないが死んでもらうぜ」

剣呑な顔の兄貴分が言うや、隣にいた頰に傷のある男が匕首を脇腹に構え、待ちきれないように突進してきた。

市松は体をひねっただけで切っ先をかわし、次の瞬間、相手の手首を掴んで投げ飛ばした。相手は勢いのまま転げ回った。

「野郎」

大柄な男が上からかぶさるようにして襲いかかる。市松は素早く相手の懐に飛び込んで腰をひねって投げ飛ばす。

地響きを立てて大柄な男が背中から落ちた。市松は匕首を拾って、兄貴分の男に立ち向かう。

「このふたりは投げ飛ばすときツボに打ち身を入れた。気がつくまで、もう少し時間がいる」

剣呑な顔が引きつっているのがわかった。

「……」

「さあ、かかってこい」

市松は誘いをかける。

「てめえ、何者だ」

「その前に、死んだ男とは誰だ？　どういうことなのか、話してもらおう」

市松は男に迫った。

男は後退《あとずさ》る。倒れている男が呻《うめ》き声を上げたが、起き上がることは出来ない。

男が逃げようとした。

「待て」

市松は鋭い声を放つ。

「逃げたら、この匕首がそなたの背中に飛んで行く」

そう言い、市松は威嚇するように匕首を指先でくるくると廻《まわ》し、さらに宙に放っ
てから構えるように摑《つか》んだ。

市松は匕首を構えたまま男に近づく。

「言うんだ。死んだ男とは誰だ？」

「勘弁してくれ」

男は泣きそうな声を出した。

「さっきの勢いはどうした？」

「……」

「言えないのは、その男がどこかで見ているからか」

そのとき、暗がりからひとの気配がした。市松は現れた人影を見て、あっと声を上げそうになった。

「おまえは……」

相手は饅頭笠《まんじゅうがさ》をかぶった侍だった。

市松は当惑した。饅頭笠の侍は風神一族ではなかったか。この連中は風神の仲間か。だとしたら、市松の素性がばれていることになる。

饅頭笠の侍が刀を抜いた。市松は匕首を構える。相手の正眼に構えた剣の切っ先が市松の目をとらえている。

相手がじりじり間合いを詰めてきた。

(違う)

市松は内心で呟《つぶや》く。

剣の構えや漂う空気があのときの侍と別人だ。この饅頭笠の侍の構えは卑しさのようなものがある。心持ちは剣に出る。

裂帛《れっぱく》の気合ともども、相手が飛び上がるようにして上段から斬り込んできた。市松は打ち込まれた剣を匕首で受けとめ、もう一方の手で相手の手首を摑み、足払いをかけて相手を倒した。

だが、相手は自ら転がりながらすっくと立ち上がった。

再び、正眼に構える。そのとき、目の端に倒れていた男がようやく立ち上がった姿が入った。

気を逸《そ》らした隙を狙って、斬りかかってきた。市松は地を蹴《け》って相手の懐に踏み込む。市松の動きのほうが素早く、剣が振り下ろされる前に市松は饅頭笠の侍の脇をすり抜けた。その際、腰の辺りにある急所のツボを指先で思い切りつく。

饅頭笠の侍は腰砕けになった。だが、さすがにとっさに身をかわしたので被害を最小限に食い止めていたため、くずおれるまでには至らなかった。

すぐに態勢を立て直した。だが、正眼に構えた剣の切っ先は微《かす》かに震えていた。

そのとき、闇を裂くように指笛が一瞬鳴った。

饅頭笠の侍はあとずさりながら刀を引くや、いきなり踵《きびす》を返して走り出した。

三人の男も姿を消していた。暗闇の中に、死んだ男という黒幕がまだいるような気がして、市松は暗闇を見つめた。

やがて、ひとの気配が消えた。


翌朝、朝餉《あさげ》が済むのを見計らったように、幸吉が顔を出した。

「昨夜、遅かったようだな。ひょっとして、おすずを捜しに？」

「そうだ」

「どうだった？」

「だめだ。見つからねえ」

市松は首を横に振る。

「嘘だったのか」

「いや、わからねえ。全部を捜したわけではないからな。なにしろ、八幡鐘が見える場所という手掛かりしかねえ。微かに見える場所を入れたら、まだまだ捜してねえ場所がたくさんある」

市松は幸吉の顔を見つめ、

「なぜ、そんなことをきくんだ？」

「いや。おめえの頼みを断ったことが気になってな」

「じゃあ、今からでも、手伝ってくれるか」

「いや。そうもいかねえんだ」

幸吉は言いづらそうにしていたが、ふいに顔を上げた。

「じつは、数日のうちに長屋を引っ越すことになったんだ」

「引っ越す？」

「うむ。ほんとうは江戸を離れるんだ」

「なんだって」

「知り合いが上州《じょうしゅう》にいてな。織物の仕事で人手が足りないらしい。手伝ってくれと前々から言われていたんだ。この際、行ってみようかと思ってな」

「……」

逃げる気だと、思った。

「丑蔵親分から待ったはかからないのか」

「もう疑いは晴れたはずだが、あと二、三日待てと言われている。許しが出たら、すぐに出発する」

丹治を介して久米彦と知り合いだったのではないかと、市松は考えている。理由はわからないが、亀三殺しを久米彦に頼み、さらに久米彦を殺して口を封じたのは幸吉に違いないと思っている。

だが、証《あかし》はない。

「いずれにしろ、この長屋は三日後に引き払う。もう、大家とは話がついているのだ」

「ずいぶん急ではないか」

「大家のところに、この長屋に住みたいという男が来ているらしいのでな。だったら、早めに出て行こうと思ったのだ」

「そうか。三日後か」

「ああ。三日後だ。そういうわけだ。また、ちゃんと挨拶《あいさつ》に来るが、短い期間だったが、あんたには世話になった。礼を言うぜ」

幸吉は土間を出て行った。

昨日、襲われたとき、幸吉が黒幕ではないかと思った。だが、昨日の男は依頼主は幸吉ではないと答えた。幸吉という名に反応を示さなかった。嘘ではないようだ。

奴らは、風神一族とは関わりはない。だとしたら、いったい誰が市松の命を狙うのか。市松はますます混迷を極めた。

第四章　不　審

一

市松はもう一度、深川に行き、きのうの三人を捜したいと思ったが、頻繁に長屋を留守にすれば疑いを招きかねず、辛抱しなければならなかった。

その代わり、自身番に行き、番人の者に丑蔵へのつなぎを頼んでいた。だから、仕事をしながら、丑蔵を待った。

昼過ぎに、戸が開いたので、丑蔵かと思って顔を上げると大家だった。

「仕事中にすまないな」

「いいえ、どうぞ」

大家は上《あ》がり框《がまち》に腰を下ろして、

「じつは、幸吉が今度、ここを出て行くことになった」

と、切り出した。

「なんでも、上州の高崎《たかさき》に行くらしい。知り合いに誘われているそうだ」

「今朝、聞きました。急なことなので、びっくりしました」

市松は答える。

「わしも聞いたのは最近だ。知り合いがすぐ来て欲しいと言っているらしい」

「そうらしいですね」

「本人の望みでもあるし、いいことなので、喜んでおった。ところが、きのう、丑蔵親分に幸吉が上州に行くことを話すと、顔色を変えてな。事件が解決するまでは長屋から出て行かないようにしてくれと言われたんだ」

「丑蔵親分はまだ幸吉の疑いを解いていないんですか」

「疑っているわけではないだろうが、まだ下手人が見つからないので、関わりある者が遠くに行ってしまうのが困るようだ」

大家はふいに顔を近づけ、

「だが、幸吉は三日後に出て行くと言っている。疑いが晴れているのに、関係者だからといって、新しい仕事の場に出立するのを邪魔されるのは納得いかないという。

幸吉の言うことももっともだ」

　幸吉は逃げようとしているのだ。久米彦を使って亀三を殺させたのは幸吉に違いない。しかし、証はない。殺さねばならなかった理由もわからない。

「幸吉には出て行くときは長屋の者に挨拶をして行けと言ってある。だが、その前に出て行かれるのは困る。市松。すまぬが、幸吉の動きを見張っていてくれないか。出て行こうとしたら、引き止めて欲しい。成瀬さんにもお願いに上がるつもりだ」

「でも、ずっと見張っているわけには行きませんが」

「いや、いいんだ。ときたま、気にかけて様子を見てくれればいい」

「それでは……」

　言いかけて、市松は大家の腹の内がわかった。大家は店子《たなこ》の不始末の責任を負わせられる。だから、幸吉のような男には早く出て行ってもらいたいのだ。だが、丑蔵の命令がある。だから、丑蔵の手前、幸吉を見張っていたという体裁を作りたいだけなのだ。

「そういうわけだ。幸吉は三日後に出て行く」

「大家さん。そのあとに入るひとは決まっているんですかえ」

　さりげなさを装ってきいたが、市松の顔は真剣だった。

「ああ、ここを気に入っているらしい」

「どんな方なんですかえ」

「下谷広小路《したやひろこうじ》にある商家の奉公人だ。今まで住み込んでいたが、今度通いになるので、住まいを探していたところ、ここが空きそうだと知って、やって来た」

「なんという商家で？」

「なんで、そんなことを気にするのだ？」

大家が顔をしかめた。

「どんなひとがやって来るのか気になるじゃありませんか」

「まだ、幸吉がいるのだ。新しい人間のことなど、考えなくていい」

「へえ」

「じゃあ、幸吉のことは頼んだ」

大家は安心したような顔つきで引き上げて行った。

それから四半刻《しはんとき》（三十分）ほど経って、定助がやって来た。

「親分に話があるそうだな。自身番で待っているぜ」

「わかりやした。すぐ、伺います」

道具を片付けていると、

「俺のことを調べているようだな」

　と、定助がきいた。

「いえ、そういうわけでは……」

「饅頭笠《まんじゅうがさ》の侍を使って、俺がおめえを殺させようとしただって。冗談じゃねえぜ」

　定助は蔑《さげす》むような笑みを浮かべ、

「なんで、俺がそんな真似をしなきゃならねえんだ」

「別に定助さんがやったとは言ってませんよ。ただ、定助さんは『天狗屋』のおすずという娘から、あっしが回向院裏に行くことを聞いていた。回向院裏からの帰り、あっしは饅頭笠の侍に襲われました」

「俺じゃねえ。おすずは俺以外の人間にも話したはずだ」

「そのことを確かめようとしたら、おすずは引っ越していました。それで、以前に住んでいたという深川を捜したんですが、見つかりませんでした。あっしの調べでは限界があります」

「そんな話を聞いても仕方ねえ。親分が待っている」

　定助は急《せ》かした。

「へい」

市松は立ち上がった。

自身番には丑蔵だけでなく、木塚朔太郎もいた。

「市松。俺に話があるそうだな」

「へい」

「奥で聞こう」

「また、奥ですかえ。なんだか、取り調べられているようで」

「話が漏れずに一番いい。さあ」

仕方なく、また板敷きの三畳間で、朔太郎と丑蔵と向かい合った。いつものように、定助は外で待っている。

「話はなんだ？」

「その前に、久米彦殺しの探索がどうなっているか教えてくださいませぬか」

丑蔵は朔太郎と顔を見合せてから、

「進展はねえ」

と、渋い顔をした。

「幸吉の疑いは晴れたのですか」

「いや。疑わしい。だが、幸吉と久米彦の結びつきがわからねえ」

「幸吉は回向院裏に住む丹治って男と彫物師のところで知り合っています。久米彦と丹治は知り合いでは?」

「いや。丹治と久米彦のつながりはないんだ」

「えっ、ない?」

「そうだ。丹治は主に回向院や亀戸天満宮《かめいどてんまんぐう》周辺の盛り場でうろついており、久米彦は門前仲町だ。お互いが行き来している様子はなかった」

「……」

「市松。話ってのはそのことか」

「へえ。てっきり、丹治を介してふたりは結びついていたと思っていたんですが……」

市松は小首を傾げてから、

「久米彦の住まいはどこなんですか」

「加賀《かが》町だ」

「加賀町っていうと、確か油堀川に沿った町ですね」

「なぜ、おまえは幸吉を疑うんだ?」

「へえ。じつは丑蔵親分にもお話ししましたが、幸吉に頼まれて回向院裏に行った帰り、両国橋で待ち伏せていた饅頭笠をかぶった侍に襲われました」

市松はもう一度、経緯を語ってから、

「あっしが回向院裏に行くことを知っていたのは、『天狗屋』のおすずという娘です。おすずに事情をきこうとしたら、おすず母娘は『天狗屋』を辞め、長屋を引っ越したあとでした。なぜ、母娘があわただしく姿を晦《くら》ましたのか気になって、母娘が以前に住んでいた場所を調べようとし、それを幸吉に頼んだのです。最初は関係ないと言っていたのですが、幸吉は引き受けてくれました。ところが、母娘が住んでいたのが深川の八幡鐘の見える場所だと話したら、急に断ると言い出したのです」

市松は一拍の間を置いて、

「あとで、あっしは幸吉は深川には足を向けられない事情でもあるのではないかと思ったんです」

「それが久米彦のことか」

「はい」

「だが、久米彦と幸吉の結びつきは見つからなかった。ふたりが結びついたとしたら、深川以外の場所だ。だが、久米彦は深川に腰を据えており、たまに本所界隈《ほんじょかいわい》に顔を出す程度で、幸吉のほうもほとんど両国橋を渡って本所、深川に足を向けることはなかった」

「そうですかえ」

自分の考えが間違っていたのかと、市松は信じられない思いだった。

「だからといって、久米彦と幸吉につながりがなかったことにはならない。たまたま、何らかのことで、ふたりは出会ったということもあり得る。だが、証《あかし》はなく、単に想像に過ぎない」

「じつは……」

市松は朔太郎と丑蔵の顔を交互に見て、

「きのう、おすず母娘を捜しあぐねて富岡橋に辿《たど》り着いたとき、三人のごろつきに襲われました。三人は何者かに頼まれて、あっしを殺そうとしていたんです。母娘を捜すことを諦《あきら》めさせるために、あっしを襲ったとは考えられません。別の理由です」

「……」

「あっしはとっさに幸吉に頼まれたのかとききました。でも、相手は幸吉の名に心当たりはないようでした」

「幸吉ではないというのか」

「そうです。兄貴分の男は依頼主のことを、死んだ男だと言いました」

「死んだ男？」

「はい。どういう意味で、死んだ男と言ったのかはわかりません。ですが、あっしはすべての黒幕は幸吉のような気がしてなりません。三人に命じたのは幸吉が直接ではなく、間に誰かがいるのではないでしょうか」

「間に？　幸吉に仲間がいるというのか」

「はい。その仲間が間に入って動いているのではないかと」

「いや。幸吉の周辺からはそのような人間は浮かび上がってきていない。そのような男の影もない」

丑蔵は否定した。

「なぜ、母娘を捜すことを諦めさせるために、そなたを襲ったとは考えられないと思ったのだ？」

朔太郎が口をはさんだ。

「饅頭笠《まんじゅうがさ》の侍が両国橋で待ち伏せていたのはおすずがそなたの動きを知らせたのだ

としたら、今回もおすず絡みだと考えるほうが自然ではないか」

「はい。じつは、饅頭笠の侍に襲われたとき、長屋の隣に住む成瀬三之助さんが助けてくれました。成瀬さんが言うには、饅頭笠の侍は本気であっしを殺そうとしたのではないと言ってました」

「威《おど》しだと言うのか」

「へえ」

実際は腕をためそうとしたのだ。だが、そのことを言うと、またそのわけを訊《たず》ねられるので、

「ただ、威しだとしても、どうしてあっしにそんな威しをかけるのかがわかりません」

「つまり、そなたの周辺では饅頭笠の侍の件と、幸吉の仕業かもしれない殺しの二件が同時に起こっているというのか」

「そういうことになります」

「市松」

朔太郎が顔を突き出すようにして、

「そなた、何か隠しているな」

と、迫った。

「いえ、何も隠しちゃいません」

「しらっぱくれるな。そもそも、そなたはなぜあの長屋に引っ越してきたのだ？」

「それは……」

「芝の親方と揉《も》め事《ごと》を起したと言うのだろう。だが、それだけではないはずだ。亀三とはどういうつながりなんだ？」

「深い付き合いはありません。ただ、見知っていただけで、長屋を引っ越すことになったから、そのあとを使わせてもらおうと思っただけです」

やはり、朔太郎と丑蔵はこのことの不審を持ち続けていたようだ。

「まあいい。ともかく、今は亀三と久米彦殺しの件だ。市松」

「へえ」

「そなたを襲ったという三人のごろつきを見つけて、死んだ男と言った意味を問い質《ただ》してみよう。その三人の特徴を話してみろ」

「へい。兄貴分の男は二十七、八歳。剣呑《けんのん》な顔をしていました。あとは体の大きな男に頬に傷のある男。ふたりとも二十代半ば」

「深川の人間か」

丑蔵がきいた。

「そうだと思います。富岡橋を閻魔堂橋と言ってました。土地の人間だと思います」

「よし、捜してみよう」

「へい」

あとから現れた饅頭笠の侍のことをあえて話さなかったのは、両国橋で待ち伏せていた侍と混同して考えられてしまうからだ。それに、両者が別人だとどうしてわかったときかれたら、返答に困る。太刀筋や構えが違うと答えるわけにはいかない。職人がそんなことがわかるはずないからだ。

「両国橋で待ち伏せていた饅頭笠の侍のことでは、定助の疑いは解けたのか」

丑蔵がきく。

「一応は……」

「一応だと？」

「まだ、おすず母娘の行方がわかりませんから」

市松はふと思いついて、

「親分さんのお力で、おすずが住んでいた長屋を見つけていただけませんか。大酒《おおざけ》呑《の》みの亭主から母娘が逃げて来たことが事実かどうかわかれば……」

「丑蔵」

朔太郎が声をかけた。

「こっちでおすず母娘の以前の住まいを探してやれ。そこから何かわかる」

「わかりました」

「ただし、定助は使うな」

「そうします」

朔太郎と丑蔵も、定助に何かの疑いを持っているようだった。

「ともかく、幸吉は三日後には江戸を離れるようなことを言っている。それまでには何か摑《つか》まねばならぬ」

「お伺いしてよろしいでしょうか」

「なんだ?」

「証がないのに、なぜ、幸吉に目をつけ続けているんですかえ」

「空き巣の件だ」

丑蔵が自嘲《じちょう》ぎみに、

「これも何の証もねえが、どうしても幸吉だとしか考えられねえんだ」

幸吉が行商で訪れた先で、空き巣が侵入した。幸吉に罪をなすりつけようとする者がいたのではないかと思ったが、それらしい人物は浮かんでこなかった。

「空き巣もですか」

「どうも幸吉には犯罪の匂いがついてまわっている。奴は、『信濃屋』を辞めてから自棄《やけ》になって荒れ狂って彫り物を入れた。彫り物の鬼が乗り移ったようにすっかりひとが変わってしまったんだ」

「彫り物の力はそんなに凄《すご》いですか」

「奴は奉公人のときはおとなしい男だったそうだ。それが一変した。背中の鬼が守ってくれると思うと、怖いものがなくなったのかもしれない」

「そうですか。わかりました。では、おすず母娘とごろつきのこと、よろしくお願いいたします」

市松は立ち上がった。

先に外に出ると、定助が所在なげに立っていた。

会釈して脇をすり抜けたとき、

「市松」

と、定助が声をかけた。

「また、俺のことであることないこと話したんじゃないだろうな」

「まさか。そんなことはしませんよ」

「どうだかな」

定助は口辺を歪《ゆが》めて蔑《さげす》むような目を向けた。

「じゃあ、あっしは」

市松はふと違和感を持った。定助が不快感を露《あらわ》にしている。忍者の血を引く風神一族にしては軽薄な感じが否めない。

饅頭笠の侍と関わりがあるのは定助ではない。そう思った。そうだとすると、おすず母娘が怪しい。深川に、大酒呑みの亭主と住んでいたという母親の言い分は嘘だということになる。

迷い道を彷徨《さまよ》っているような心細い気分で、市松は長屋に帰った。

二

長屋に帰ると、井戸端におはるとおとしに混じって、おつたの顔があった。

「市松さん。おつたさんがお待ちよ」

おはるが声をかけた。

「すみません。さあ、どうぞ」

市松は自分の住まいに誘う。

「では、また」

「いつもすみませんね」

おとしが言ったのは、またおつたが土産に饅頭《まんじゅう》を買って来たからかもしれない。

市松は先に土間に入り、部屋に上がっておつたを待った。

「お邪魔します」

おつたが入ってきて上がり框に腰を下ろした。

「葛西に、おすずの母親の実家はみつからなかったそうです」

声をひそめて言う。

いきなり肝心なことを口にしたのは、おはるが井戸端にまだいて、成瀬三之助も留守だと知っているからだ。

「やはり、嘘だったか」

そのとき、隣の戸が開く音がした。おはるが戻ってきたのだ。

「では、今のままお願いします」

おつたは急にはっきりした口調になった。

「わかりました。近々、おすまいのほうにお伺いさせていただきます」

おつたは土間を出て行った。

やはり、おすず母娘は嘘をついていたのだ。定助が風神一族とは思えないので、饅頭笠《まんじゅうがさ》の侍とつながっていたのはおすず母娘と考えていい。

おすずは市松と幸吉の話を盗み聞きし、市松が回向院裏に行くことを長屋に帰って母親に話した。母親から饅頭笠の侍に伝わったのであろう。

市松はすっくと立ち上がった。

路地に出ると、大家が夢見堂と話していた。夢見堂は総髪で、長い髭《ひげ》をはやしていて、目付きは鋭い。四十代半ばぐらいだ。

「出かけるのか」

大家がきく。

「はい」

と答えたあとで、市松はきく。

「大家さん。何かあったのですか」

ふたりとも、深刻そうな顔つきだった。

「いや、なんでもない」

大家は戸惑い気味に答えたが、夢見堂が何か言いたげだったので、市松は何かというふうに顔を向けた。

「市松。早く出かけて来い」

大家は急《せ》かした。

「じゃあ、行って来ます」

何かふたりの様子はおかしい。深刻そうな顔つきに思えた。だが、ふたりだけのことで、他人には関わりないことだったのか。

多町一丁目まですぐだ。二階建て長屋にはさまれたの日の出長屋に行き、市松は木戸脇の荒物屋の大家を訪ねた。

「おや、おまえさんは先日の……」

「へい、おすず母娘のことでお訊《たず》ねに上がった者です。あれから、大酒呑《おおざけの》みの亭主はここにふたりを捜しにやって来ましたかえ」

「いや、現れなかった」

「代わりの人間が訪ねてきたことは？」

亭主に頼まれた男がやって来たのかもしれないと思った。

「そんな人間も来なかった」

「そうですか」

市松は首を傾げ、

「おすずの母親は酒吞みの亭主をどこで見かけたんでしょうか」

「いや、この近くだろうよ」

「でも、亭主はここには顔を出していないんですね」

「ああ、そうだ。何か、おかしいか」

「いえ」

市松は首を横に振り、

「大酒吞みの亭主に誰も会っていないようなので……」

「俺たちは顔を知らんからな。見かけていても気づかなかったのかもしれない」

「でも、雰囲気や態度で何かわかるんじゃありませんか」

「それはどうかな」

「わかりました。たびたび、すみませんでした」

「なあに、構わないよ」

市松は礼を言って、引き上げた。

やはり、大酒呑みの亭主は作り話だったのだろう。葛西の話も嘘だ。おすず母娘が饅頭笠の男と通じているのは、これでほぼ間違いない。

深川に住んでいたのも嘘だ。丑蔵が捜すと言っていたが、無駄骨を折ることになる。

長屋に帰った。もう、大家と夢見堂は路地にいなかった。さっき夢見堂が何か言いかけていたことを思いだした。

今まで、夢見堂とは話したことがないので、いい機会だとも思い、市松は夢見堂の家の戸を叩《たた》き、声をかけて開けた。

「夢見堂……」

声を途中で止めた。部屋の真ん中で夢見堂が瞑想《めいそう》をしていた。邪魔をしては悪いと思い、引き返しかけた。

「何か」

夢見堂が声をかけた。

振り返ると、夢見堂が大きな目で見ていた。

市松は戻った。

「今、よろしいんですかえ」

「きょうはお仕事はいいんですかえ」

夢見堂は須田町の通りに台を出して占いをしているそうだ。

「きょうは客があるのでな」

「そうですか」

「用向きはなんだ？」

「はい。さっき、大家さんとなんだか深刻そうに話していらっしゃいましたね。いったい、何があったのか気になりましたので」

「そのことか」

夢見堂は顎鬚《あごひげ》を手でなでた。

「たいしたことではない。わしが余計なことを申しただけだ」

「余計なことってなんですね」

「大家が言うように、聞かぬほうがいい」

「ますます、気になります。それに、さっきも夢見堂さんは何か言いたそうでした」

「ああ、あれか」

夢見堂は気難しそうな顔で頷《うなず》いた。

「うむ」

「何ですか」

「幸吉が引っ越して行ったあとに入って来る男のことだ」

「その男がどうかしたのですか」

「きのう、その男が大家に挨拶《あいさつ》に来た。わしは偶然に顔を合わせた。その顔を見て、何か不吉なものを感じたのだ」

「不吉？」

「そうだ。その男の人相に不吉なものが現れ、その雰囲気に何かただならぬものを感じた。言っておくが、最初に見た印象だ。だが、わしの長年の経験から胸騒ぎがしたのだ」

「どんな男でした？」

「三十代半ばのずんぐりむっくりの男だ。目付きは険しい」

市松はまさかと思った。大井川で、仙介があとをつけていたふたり組のひとりに人相が似ている。

その男がこの長屋にやってこようとしているのだろうか。

「下谷広小路にある商家の奉公人だと、大家さんは言ってましたね。今まで住み込んでいたが、今度通いになると」

「そうらしいな」

「大家さんは何と？」

「そんな理由で拒むことは出来ないと言っていた」

「夢見堂さんは誰にでも初対面で何か感じるのですか」

「いや、誰にでもというわけではない。このようなことは初めてだ。そなたからも、大家に断るように説いてもらいたい」

「わかりました」

市松は自分の家に戻った。

夢見堂の話をどう考えるべきか。男の特徴は仙介があとをつけていたふたりのうちのひとりに似ている。

仙介が殺されたのはひと月ほど前だ。男は江戸にやって来てひと月近く、下谷広小路にある商家に奉公していた。そして、いよいよ、この長屋に乗りこんでくる。

そういう筋書きなのだろうか。

夢見堂が不吉と感じる雰囲気を持った男はいかにも風神一族のひとりだと言うことが出来る。

下谷広小路にある商家に調べに行きたいと思ったが、市松は妙な動きをして素性を疑われるような真似は出来なかった。

夕方になって、市松は夕飯をとりに、『天狗屋』に行った。

おすずに代わって働くようになった娘が酒を運んでいた。まだ日が暮れない前から、客が来ている。

きょうも小上がりのいつもの場所に幸吉がいた。

「いいかえ」

市松は幸吉の前に腰を下ろした。

「引っ越しの支度は出来ているのか」

「持って行くものはない。あとで、大家さんに道具屋に処分してもらう。売った金は長屋で使ってもらう。といっても、二束三文だろうがな」

「寂しくなるな」

「けっ。心にもねえことを」

幸吉はふんと笑った。

「本心だぜ。せっかく、仲良くなれると思ったが、変なことからケチがつきはじめた。空き巣狙いからだ」

手伝いの娘が注文をとりに来た。

「お酒を。肴《さかな》は見繕って」

娘が下がったあと、

「まあ、いろんなことがあった」

と、幸吉は感慨深そうに言う。

「江戸を離れるなんて寂しくないか。いずれ、江戸が恋しくなって舞い戻って来そうな気がする」

市松もしんみりした。

「ああ、恋しくなるだろうな」

幸吉は目を細めた。

「高崎のご城下も賑《にぎ》やかなんじゃないのか」

「賑やかだといっても、江戸とは違う。俺は根っからの江戸の人間だからな。どこまで堪えられるか、心配なことは心配だ」

市松はおやっと思った。今、根っからの江戸の人間だと言ったが、『信濃屋』の奉公人はみな信州の人間ではなかったのか。

幸吉のように江戸の人間も小僧として奉公させたのだろうか。

酒と肴が運ばれてきた。

「俺の酒を呑《の》んでくれ」

市松は銚子《ちょうし》をつまんで幸吉に差し出す。

「すまねえ」

半刻《はんとき》（一時間）ほど過ごし、市松は飯をたべて先に引き上げた。

長屋に戻って、木戸口で思いついて、大家の家に寄った。

「なんだ、市松か。珍しいな。まあ、上がれ」

「へい。じゃあ、失礼します」

市松は部屋に上がった。

大家のかみさんが茶をいれてくれた。

「すみません」

「どうした？」

「はい。さっき、夢見堂さんから聞きました」

「そうか」

大家は顔をしかめた。

「なんというひとなんですかえ」

「下谷広小路にある『佐渡屋《さど》』の番頭の安太郎《やすたろう》だ」

「夢見堂さんはあっしがここに入るときも何か言ったんですかえ」

「いや、言わない。あんなことを言い出したのは今度がはじめてだ」

「ほんとうに不吉な人相なんでしょうか」

「あくまでも人相見の考えだ。そんなことで、拒むことは出来やしねえ。だが、あんなことといわれたら薄気味悪くて仕方ねえ」

「安太郎さんは『佐渡屋』には小僧から奉公をしていたんですか」

「聞いちゃいないが、そうだろう」

風神一族の人間なら、『佐渡屋』にはまだひと月ぐらいしかいないはずだ。

「大家さんは『佐渡屋』をご存じですかえ」

「いや、知らない。そんな大きな店ではないんだろ」

その『佐渡屋』は風神一族の江戸の隠れ家とも考えられる。だとしたら、そこの主人にきいても、ほんとうのことは話すまい。

「おまえはどう思うね」

大家がきいた。

「あっしは、そんなことで人間を決めてはいけないと思います。夢見堂さんからは大家さんを説き伏せるようにと言われましたが、あっしは大家さんの考えに従いたいと思います」

「よく言った。幸吉に代わって安太郎に入ってもらおう」

「幸吉は江戸の生まれなのですか」

「いや。『信濃屋』は全員、信州から奉公人を連れてきている。幸吉だって、信州だと思うがな」

「……」

「それがどうかしたのか」

「いえ、なんでもありません」

そう答えたものの、市松は頭の中で何かが弾《はじ》けそうだった。だが、なにごともなく、落ち着いた。

「大家さん」

市松は考えながらきく。

「幸吉がこの長屋にやってきたとき、『信濃屋』を辞めさせられたという話はしていたんですか」

「ああ、した。辞めさせられたあと自棄《やけ》になって荒れていたが、すぐ目が覚めて堅気の仕事をはじめたのだとね」

「亀三さんとはすぐ打ち解けたんでしょうか」

「いや、すぐには親しくはしていなかったな」

「すぐにはですか」

市松はまたも頭の中で何かが激しく騒いだ。

「亀三さんはこの長屋に来て二年ぐらいですか」

「そうだ。あとから幸吉がやって来た」

「では、最初の頃はそれほど親しくなかったんですかえ」

「まあ、顔を合わせれば、挨拶《あいさつ》をする程度だったな」

「出入りの職人と奉公人という違いがあっても、『信濃屋』で顔を見かけた同士なのに挨拶程度とは、ふたりは昔から気が合わなかったんでしょうか」

「いや。亀三は幸吉が『信濃屋』に奉公していたとは知らなかったんだ」

「知らなかった？」

「そうだ。あるとき、何かの話の折り、俺がそのことを言ったら、亀三は驚いていた」

「それはいつごろのことですね」

「二カ月ぐらい前だ」

「そんな最近なんですか」

「そうだ。『信濃屋』を辞めて五年、荒《すさ》んだ時期もあったというから、幸吉の顔つきも変わってしまった。だから、ずっと気づかなかったのだろうよ」

そうだろうか。そこに、何かあるような気がしてならない。

「どうも夜分にお邪魔しまして」

市松は立ち上がってから、

「夢見堂さんは、どういうお方なんですか」

「よくわからないが、元はお侍のようだ」

「侍？」

「ときたま、武士が訪ねてくる」

「武士が……」

「どうした？」

「いえ。じゃあ、失礼します」

市松は大家の家を辞去した。

自分の家に帰ってから、市松は改めて幸吉のことを考えた。なぜ、亀三は幸吉に気づかなかったのだろうか。

　このことは自分で調べなければならないと、市松は思った。

三

　翌朝、市松は小舟町のおつたの家に行った。

　格子戸を開けて土間に立つと、おつたも奥から出てきた。

「用件だけ。長屋に、幸吉のあとに下谷広小路にある『佐渡屋』の番頭の安太郎が引っ越してくることになった。三十代半ばのずんぐりむっくりの男だ。長屋に住む易者の夢見堂がその男の人相を見て不吉だと言っている」

　市松は事情を話してから、

「この男を調べるようにお願いしてください」

「わかりました」

「では、私は」

「おすず母娘の行方の手掛かりがつかめたそうです。じきに見つかると思います」

「それはよかった。では」

お奉行の命令で、他の隠密同心が調べているのだ。だが、その者は、市松が関わっている仕事のことはまったく知らないはずだ。

市松は小舟町から日本橋の大通りを出て須田町を過ぎ、筋違御門を抜け、神田川沿いを西に向かった。

やはり、何者かがつけてくる。市松は無視して、水道橋《すいどう》を過ぎ、水戸家の上屋敷を右に見て、さらに川沿いを進んだ。

やはり、つけてくる。さりげなく振り返り、さっと柳の陰に隠れた男を見た。幸吉ではないかと思った。

牛込《うしごめ》御門を過ぎ、市ヶ谷にやって来た。

『信濃屋』は土蔵造りで、広い間口には大きな暖簾《のれん》がかかっていた。

市松は土間に入り、番頭らしき男に声をかけた。店の座敷には数組の客がいて、反物を見ていた。

「あっしは市松と申します。五年前に辞めた幸吉という男のことで教えていただきたいのですが」

「幸吉ですか。先だっても八丁堀の旦那《だんな》がやって来ましたが……」

「はい。私はこちらに出入りをしていた建具職人の亀三の知り合いでして」

市松は幸吉が店を辞めるようになった経緯やその後のことをきいた。もっともききたかったのは幸吉の人相や背恰好《せかっこう》だった。だが、聞いた限りでは、『信濃屋』を辞めた孝助と市松が知っている幸吉はよく似ていた。が、かえって、そこにある疑いを深めた。

市松は『信濃屋』を出て、来た道を戻った。

幸吉らしい尾行者はいなかった。『信濃屋』に入ったのを確かめて、すぐ引き上げたのだろう。

『信濃屋』では四半刻《しはんとき》（三十分）近く過ごした。幸吉はかなり遠くまで戻ったはずだ。

市松は牛込御門を過ぎる。

幸吉はこう言っていた。

「俺は気が小さく、ぐずぐずしてなかなか物事を決められない。だから、いつも番頭に叱られていた。あるとき、とうとう堪忍袋の緒が切れて、番頭に殴り掛かった。そのことで、お店を辞めさせられたんだ。お店を追い出されて、途方にくれた。酒を浴びるほど呑《の》んで酔いつぶれて道端に倒れた。そのとき、俺を助けてくれたのが彫物師だった。自棄っぱちになっていた俺は太く短く生きてやると心を決め、今までの自分と決別するつもりで入れたんだ。彫り物を入れたら強くなれると思ってな」

『信濃屋』の番頭も幸吉について同じことを言っていた。

水道橋を過ぎ、やがて湯島聖堂の長い塀沿いに差しかかった。朝陽は高く上っている。行き交う人間も多い。

前方から三人の浪人者がやって来る。ひとりは徳利《とっくり》を肩に担いでいる。三人とも足元がおぼつかない。

三人は散らばった。ひとりは聖堂の塀の近く、ひとりは川のほう、そしてもうひとりは真ん中だ。

川沿いから離れると、真ん中を歩く浪人が市松のほうに近づいて来る。はじめから、因縁をつけようとしているのは明白だった。

市松は当惑する。真っ昼間だ。通行人がそこそこにいる。三人を退治するのはわけないが、その姿を誰かに見られ、長屋の連中の耳に入るかもしれない。そのことを避けなければならなかった。

三人は酔っぱらった振りをしているだけだ。ひとりが強引に市松にぶつかって来た。市松は軽く身をかわした。

その侍がわざとらしく倒れた。

「無礼者」

侍は起き上がって叫ぶ。

「どうした？」

他のふたりが駆け寄る。

「こいつが急に突き飛ばしやがった」

「ご冗談で。あっしが突き飛ばそうとしたって、武芸の心得のあるお侍さまなら軽くよけられます。お侍さんのほうが足をもつれさせたんですよ」

通り掛かりの者が数人立ち止まった。

「きさま、我らを愚弄《ぐろう》する気か。許さん」

ひとりが刀に手をかけた。

「どうか、お許しを」

最初に饅頭笠《まんじゅうがさ》の侍に襲われたときのように腰を抜かした振りをして逃げまわっても、三之助のような目のある男にかかればまっとうに相手の剣を避けていることを見抜かれる。

だが、この者らはほんとうの酔っぱらいではない。おそらく、幸吉に頼まれてのことだと思う。

この三人を捕まえて口を割らせば、幸吉の企《たくら》みが明るみに出る。だが、市松が三人を叩《たた》きのめしたら、飾り職人とは誰も信用しなくなる。

後ろにひとりまわり、市松の退路を断った。

「そこに直れ。素っ首たたき落としてくれる」

目の前の浪人が刀を振りかざした。

「お許しを」

怯《おび》えたように、市松は膝《ひざ》を崩す。

「ならぬ」

浪人が刀を振り下ろす瞬間、市松は地べたの土を摑《つか》み、相手に投げつけた。

「くそ」

刀を振りかざしたまま、浪人が目を押さえた。市松は浪人に向かって突進した。

浪人は仰向《あおむ》けに倒れた。

市松は他のふたりが怯《ひる》んだ隙に、駆けだす。

「待て」

三人が追いかけてきた。市松はわざと人気のない聖堂の脇に逃げた。そして、立ち止まった。

三人は追い付き、

「もう逃げられぬ」

と、息巻いた。

「死んでもらう」

「やはり、酔っぱらってはいないようだな。誰に頼まれた？」

「誰にも頼まれてはおらぬ」

「幸吉か」

「死ね」

上段から斬り込んできた。市松は踏み込んで、振り下ろされた相手の利き腕の肘《ひじ》を軽く叩く。

すると、悲鳴を上げて、相手は剣を落とした。

腕を押さえたまま、浪人はうずくまった。

「どうした？」

ひとりが声をかける。

「気をつけろ。こいつ、変な術を使う」

「手加減をした。だが、しばらく腕は痺《しび》れて使い物にはならないはずだ。おまえたちも同じ目に遭いたければかかってこい。だが、今度は手加減をしない。腕はもう使い物にならないかもしれない」

市松は残りのふたりに向かった。

「使い物にならなくなるのは腕がいいか、脚がいいか」

「なんだと」

ふたりは目を剝《む》いた。

「誰に頼まれた？」

「知らぬ」

「逃げるなら今のうちだ。さもないと、片腕を使い物にならないようにしてくれよう」

市松は威《おど》す。

ふたりは後退《あとずさ》った。

「逃げたら、この者をご番所に突き出す。ただし、頼んだ人間のことを話せば、この男も見逃してやる。早く言うのだ。もう誰かが、自身番に駆け込んでいるはず。すぐに、岡っ引きがやってくる」

「名前は知らぬ。小肥《こぶと》りで、額が広く、目尻《めじり》の下がった男だ。ひとり一両で頼まれた」

幸吉に間違いないと思った。

「この中に、先日、深川で饅頭笠をかぶって俺を襲った者はいないな」

「知らぬ」

「わかった。行け」

市松は三人を逃がした。

市松は昌平橋を渡ったが、長屋に帰らず、柳原通りを両国に向かった。

両国広小路を突っ切り、両国橋を渡る。

一度行ったことのある回向院裏の長屋に入って行く。そして、一番奥の鋳掛け屋の爺《じい》さんの家の前にやって来た。

「ごめんください」

市松は声をかける。返事がなく、もう一度声をかけて、戸を開けた。

爺さんはいなかった。

きょうは仕事に出ているようだ。しばらく待ったが、帰って来ない。他で時間をつぶしてから戻ろうと木戸を出た。

回向院に向かいかけたとき、向うから鞴《ふいご》を担ぎ、腰に鍋《なべ》をぶらさげた小柄な年寄りが歩いてきた。

あのときの爺さんだ。

市松は駆け寄った。

「先日、丹治さんのことでやってきた市松と申します」

「ああ、おまえさんか。覚えているよ。丹治は八丈島だと言ったはずだ」

「じつは、きょうは六助さんのことで」

丹治の仲間の六助のことは源四郎から聞いたのだ。

「六助はもういねえよ」

「殺されたそうですね」

「知っているなら、きくことはねえ」

「どうして殺されたのか、ご存じじゃありませんか」

「知らねえな」

「六助さんはご存じですか」

「知っている。丹治のところによく来ていたからな」

「六助さんのことを教えてくださいませんか」

「そんな暇はねえ」

「そうだ。向うに呑《の》み屋《や》があった。そこでいっぱいやりながら話を聞かせていただけませんか」

「そうかえ」

爺さんは相好を崩した。

「そんなら話は別だ」

爺さんはさっさと歩きだす。

呑み屋の前に鞴と鍋を置いて、店に入ろうとする。

「こんなところに置いていてだいじょうぶですかえ」

「こんなもの、持っていくばかはいねえよ」

気にも掛けず、戸障子を開けて中に入った。

「酒を持って来てくれ。猪口《ちょこ》はいい。湯呑みだ」

亭主に声をかけてから床几《しょうぎ》に腰を下ろす。

市松も並んで座り、ふたりの間に酒が運ばれてきた。

銚子《ちょうし》をつかもうとすると、

「自分でやる」

と、爺さんは銚子を取りあげた。

「六助さんはどんなひとだったんですか」

「穏やかなやさしそうな顔だが、目は死んでいたな」

「死んでいた？」

「死人のように冷たい目だ。額が広く、目尻が下がっているので一見やさしそうだが、よく見ると怖い感じだった。何人かひとを殺しているという噂も嘘じゃないだろう」

「どんな体つきで？」

「小肥りだ」

「小肥りですか。で、どうして殺されたんですか」

「丹治とつるんでいろんな悪事を働いていたからな。賭場《とば》の上がりを盗んで追われていたらしい」

「賭場の人間に殺されたと？」

「そうだ。丹治は相手を半殺しにしたが、六助は殺《や》られちまったんだろうよ」

爺さんはなんでもないことのように言う。

「どこで殺されたんですか」

「小名木川《おなぎ》に浮かんでいた。亡骸《なきがら》が見つかったとき、背中の般若《はんにゃ》の彫り物が朝陽を受けてきれいだった」

爺さんは銚子を振って、

「空だ」

「どうぞ」

「おい、酒だ」

亭主に大声で言ってから、

「なんだっけ？」

「般若の彫り物が朝陽を受けてきれいだったと」

「そうよ。俺は偶然、行き合わせたんだが、そりゃ、見事な彫り物だった」

「亡骸が六助だと、すぐにわかったんですかえ」

「六助だと言ったのは丹治だ」

「丹治？」

「そうだ、丹治が六助だと言ったんだ」

爺さんは思いだしたように頷《うなず》きながら言う。

「ほんとうに六助かどうか、誰も疑わなかったんですか」

「川の水に浸かっていたから、顔はむくんでよくわからなかったが、彫り物もあるし、それに体つきだって六助にそっくりだ。疑いを挟む余地はねえ」

「下手人は？」

「見つからなかった。賭場の連中はさんざん調べられたようだがな」

酒が運ばれてきた。

舌なめずりをして、爺さんは酒を湯呑みに注ぐ。

「久米彦っていう男を知りませんかえ」

「久米彦？　知らねえ」

「丹治のところにやって来たのは六助だけですかえ」

「他に何人かいたかもしれねえが、よく来ていたのは六助だけだ」

「六助の住まいを知りませんか」

「知らねえな」

「どこらへんに住んでいたかもわかりませんか」

「知らねえ」

「もう一本いかがですか」

「いいのか」

「ええ」

「おい、酒だ」

爺さんは酒の肴《さかな》などに目もくれず、酒ばかり呑んでいる。

「六助の住まいなんですがねえ。何か思いつくようなことはありませんか」

「そう言えば、油堀川の近くだと、丹治が言っていたな」

「油堀川のどの辺りかは？」

「そこまではわからねえ」

「加賀町では？」

久米彦が住んでいたところだ。

「いや、そこまでは聞いてねえ」

「そうですか」

これから、加賀町まで行ってみようと思った。加賀町のどの長屋かわからないが、久米彦と六助が同じ長屋に住んでいたなら、ふたりのつながりは確かなものになる。

この界隈《かいわい》を縄張りにしている定町廻り同心にきけば、久米彦と六助のつながりがわかるかもしれないが、今からそれを頼む時間はなかった。だが、あとは久米彦と六助のつながりを確かめるだけだった。

「とっつあん。ありがとうよ。参考になった。もう少し呑んで行ってくれ。勘定は払っておく」

「すまねえな」

市松は亭主に多めに金を払って店を出た。

外に出ると、辺りは薄暗くなっていた。これから油堀川まで行くと夜になってしまう。夜では聞き込みが出来にくいが、それでも行かねばならない。

明日、幸吉は江戸を出立するに違いない。

市松は一之橋《いちのはし》を渡り、御舟蔵《おふなぐら》の脇を通って小名木川にかかる万年橋《まんねん》を越え、続いて仙台堀《せんだいぼり》を渡って油堀川までやって来た。

この辺りは佐賀《さが》町である。油堀川沿いに左に折れ、しばらく行くと、加賀町だ。

加賀町の町筋に入ったが、久米彦の住んでいた長屋がどこかわからない。こうなったら、やむを得ない。自身番で訊《たず》ねようとした。

自身番に向かいかけたとき、ふいに行く手を阻むように現れた男がいた。

「市松か」

定助が口許《くちもと》を歪《ゆが》めながら近づいてきた。

四

市松は腰を低くして定助を迎えた。

「どうも」

「こんなところに何しに来たんだ？」

「久米彦の長屋をきこうかと思いまして」

「なぜだ？」

「へえ、同じ長屋に六助という男が住んでいなかったかと思いましてね」

「六助？」

定助が顔色を変えた。

「なぜだ？」

「へえ。まだ、あっしの想像だけですので、まず、それを調べてからでないと」

市松は慎重に言う。

定助は風神一族ではないようだが、丑蔵ですら、心から信用していないようなのだ。だから、不用意なことは口に出来ないと思った。

「六助は同じ長屋に住んでいたぜ」

定助が口にした。

「どうして、それを？」

「久米彦のことを調べていて、同じ長屋に住んでいた六助という男が三年前に殺されていたと小耳にはさんだ。ちょっと気になって、調べた」

定助は隠すことなく話を続けた。

「六助は丹治って男と親しかった。その丹治は今、八丈島にいるそうだが、その丹治と幸吉は親しいようだ。不思議じゃねえか。手繰っていけば、幸吉と久米彦はつながるじゃねえか」

定助は顎《あご》をなでてから、

「彫物師の話では丹治は登り竜の彫り物を、六助は般若の彫り物を入れているそうだ。そこに、幸吉が加わった。だから、幸吉と丹治、六助はつながったが、肝心の幸吉と久米彦は直接つながらねえ。そこで行き詰まってしまった」

「そうですか。でも、おかげであっしの中ではつながりましたぜ」

「つながった？」

「へい」

「どういうことだ、教えてくれ」

「よございます。ですが、ここまでわかれば、もう躊躇《ちゅうちょ》することはありません。早く、三河町に帰らねば。道々、お話しします」

市松と定助は永代《えいたい》橋を渡って三河町に急いだ。その間、市松は自分の考えをすべて話した。

定助は言葉を失っていたが、ようやく我に返ったように、

「よく話してくれた」

と、珍しく殊勝に言う。

「ともかく、幸吉が長屋にいるかどうか」

三河町四丁目の久右衛門店に駆け込み、定助には外で様子を見てもらうことにし、市松は幸吉の住まいを訪ねた。

腰高障子を開けて土間に入る。

「いいかえ」

「おめえか」

幸吉は強張《こわば》った表情で言う。

「おや、旅の支度か」

部屋に手甲脚絆《きゃはん》に合羽《かっぱ》、笠《かさ》、道中差しなどが置いてあった。

「ああ、明日の朝、出立するつもりだ」

「ほんとうに行くのか」

「いろいろ世話になったな」

「そうか。残念だが、仕方ない」

「最後に酒でも酌み交わしたいが、ご覧のありさまだ。支度があるんだ」

「気にしないでいい。明日、見送らせてもらう」

「いいさ」

「遠慮するな」

「そうか。じゃあ、昌平橋まで見送ってくれ」

「わかった。そうする。じゃあ、明日」

市松は幸吉の家を出た。木戸のほうに向かう定助の姿があった。腰高障子の前で、盗み聞きしていたのだ。

市松は定助といっしょに長屋の木戸を出た。

「中山道《なかせんどう》を行くつもりか」

定助が顔をしかめた。

「高崎だと言っていた。夜の捕物はよくない。不測の事態になるやもしれない」

幸吉は逃げるために火を放ったり、長屋の住人を人質にとったりするかもしれない。明るくなってからだ。

「幸吉を捕らえるのは昌平橋での企《たくら》みを耳打ちした。

市松は昌平橋での企《たくら》みを耳打ちした。

「よし。わかった。俺はこれから親分に伝えに行く。念のために、今夜は長屋を見張る」

そう言い、定助は丑蔵の家に走って行った。

市松は自分の家に帰った。

幸吉は、市松の襲撃に二度も失敗し、足元に火がついたとあわてているに違いない。だが、自分にはまだ疑いはかかっていないと思っているはずだ。

気持ちが昂《たかぶ》っていたせいか、夜中に何度か目を覚ました。

それから、東の空が白みはじめる前に目が覚め、市松は厠《かわや》に行った。外はまだ暗かった。まだ、長屋の木戸は開いていない。

開くのは明六つ（午前六時）だ。市松が自分の家で待っていると、腰高障子の開く音がした。

隣のおはるだ。もう起き出している。飯を炊くのだろう。続いて、おとしの家の戸も開いた。

市松も路地に出た。まだ、幸吉は出て来ない。

今月の木戸番はおとしの家だ。明六つの鐘が鳴りはじめて、おとしの亭主の佐五郎が木戸を開けた。

ようやく少し明るくなった。旅装の幸吉が家から出てきた。成瀬三之助も見送りのために外に出てきた。

幸吉はみなに頭を下げ、木戸に向かった。

大家が木戸口で待っていた。

「みなさん、お世話になりました」

「達者でな」

佐五郎が声をかける。

「ありがとうございます」

「あっしは昌平橋まで見送りに行ってきます」

市松は大家に言う。

「うむ。そうしてくれ」

大家は難しい顔で言う。

丑蔵から頼まれていても、大家はこれ以上、引き止めることが出来ず、無念さが顔に出ていた。

市松は幸吉といっしょに夜が明けたばかりの三河町四丁目の町筋を行く。もう豆腐屋は店を開け、棒手振《ぼてふ》りの姿が目に入った。

「幸吉さん。江戸に未練はないのかえ」

「未練はないといえば嘘になるが、高崎で新しい暮しをはじめるのもいいかもしれないと思ってな」

「でも、なんだかあわただしい出発だから、まるで逃げて行くようだ」

幸吉の足の動きが変わった。

市松は昌平橋に差しかかったところで、

「六助さん」

と、市松は声をかけた。

「ほんとうの名は、幸吉ではなく六助だろう」

「何を言い出すんだ」

幸吉は声が微《かす》かに震えていた。

「『信濃屋』を辞めて自棄《やけ》になっていた幸吉さんを助けた彫物師のところで、六助さんも丹治も彫ってもらったそうではないか。幸吉さんは自分が強く生まれ変われたらと、般若《はんにゃ》の彫り物を入れた。これは、六助さんと同じものだ」

「おいおい、市松さんよ。俺は行かなきゃならねえんだ。すまねえが、そんな与太を聞いている暇はねえんだ」

「まあ、少しだけ聞いてくれないか」

市松はいらだっている幸吉を引き止めた。

「なんで、幸吉さんが般若の彫り物を入れたのか。おそらく、丹治が幸吉さんに勧めたんじゃないか。背中に般若がいると強くなれるとか言ってな」

「……」

「問題はなぜ、般若の彫物を入れさせたのか。それは六助さんの背中にも般若が彫られているからだ」

「なんのことかさっぱりわからねえ」

「そうか。わからないか。じゃあ、もっと言おう」

市松は幸吉に迫る。

「なぜ、幸吉さんの背中に六助さんと同じ物を彫ったのか。ふたりの体つきが似ているからだ。違うかえ」

「いい加減にしてもらおうじゃねえか」

幸吉が色をなした。

「さっきから聞いていれば、勝手なことをほざきやがって」

「勝手なことじゃねえ。六助さんは何らかの事情で、自分を抹殺しなければならないまでに追い詰められていたんだ。たとえば、何かの事件で八丁堀に目をつけられていた。おそらく殺しだろう。そんなとき、幸吉さんと出会ったのだ。自棄糞《やけくそ》になって彫り物を入れたがっている。そこで、丹治を使って般若を彫るように勧めた。その上で、かねて恨みを抱いている賭場《とば》を襲い、上がりを奪って逃げた。貸元はどこまでも追いかけて行く。だから、逃げるためには自分が死んだことにしなければならない」

「市松。てめえって奴は……」

いきなり、幸吉は開き直った。

「どこに、そんな証《あかし》があるのだ？」

「証はあんたの顔を彫物師に見せればいい。『信濃屋』の番頭でもいい。あんたが誰かすぐわかる」

「……」

「亀三さんは最初はあんたが『信濃屋』にいた幸吉さんと名乗っていることを知らなかったんだ。大家から聞いて、亀三さんはあんたが幸吉の名を騙《かた》っていることに気づいたのだ。それから、あんたにとっては、亀三さんが脅威になった。そして、もうひとり、厄介な人間に見つかった。久米彦だ」

幸吉は懐に手を入れた。

「行商で歩き回っているとき、偶然に久米彦とばったり会ってしまったんじゃないのか。そうそう、あんたが小間物の行商で歩いていたのは空き巣狙いのためだ。忍び込む家を物色していたんだ」

市松は苦笑し、

「それを俺は、あんたに罪をなすりつけようとする人間が行商するあんたのあとをつけて空き巣に入ったのだと考え、わざわざあんたのあとをつけていく者がいないか、いっしょに歩き回ったんだ。その上、丹治のことまで持ちだして」

幸吉は懐に手を入れたまま。市松との間合いを詰めた。

「そのことはともかく、あんたは久米彦に見つかったことで、かえって決心がついたのかもしれない。亀三を久米彦に殺させ、久米彦を自分で殺した。亀三を久米彦に殺させたのは、自分が殺《や》れば疑いがかかると思ったからだろう」

「言いたいことはそれだけか」

「あんたが失敗したのは『天狗屋』のおすず捜しを、深川だと話したとたんに断ったことだ。あんたは深川には足を向けられない理由があるのだと思った。もうひとつの誤算は、俺を襲った三人組のごろつきだ。殺しを頼んだのは、死んだ男だと言ったことだ。死んだ男、まさに六助のことだ」

「あの三人には呆《あき》れたぜ。あんなにでかい口を叩《たた》いたくせに、あの体たらくだ。念のために浪人をつけたが、あまりにも頼りなかったぜ」

「わざと饅頭笠《まんじゅうがさ》をかぶらせたのか」

「そうだ。あんたが饅頭笠の侍に襲われたと言っていたからな」

「それから、三人の浪人だ」

「ほんとうに頼りにならねえ奴ばかりだったぜ」

幸吉こと六助は自嘲《じちょう》ぎみに笑い、

「それから、丹治が島送りになっていたことは知らなかったんだ。俺は死んだことになったあと、江戸を離れたからな。ほとぼりが冷めたのを見計らって去年、江戸に舞い戻った。だが、用心して大川の向うには行かなかったから丹治のことは知らなかった。ほんとうに、あんたに丹治へのつなぎを頼んだんだ」

六助は市松を恐れるように、

「あんた、何者なんだ？」

と、迫った。

「俺は飾り職人だ」

「嘘つけ。ふつうの職人ならとうに死んでいるはずだ。こっちが送った殺し屋がまったく歯が立たなかった」

「俺は柔術を習ったことがある。たまたま、それが役立っただけだ」

「そうか、柔術か」

六助はくっくと奇妙な笑い声を上げて、

「おまえさえ、あの長屋に越して来なければ、俺のことはばれずに済んだ。おまえのせいで」

いきなり、六助が匕首《あいくち》を抜いて襲いかかった。

市松は軽く体をかわし、

「六助さん。観念しろ」

と、諭す。

「六助。それまでだ」

木塚朔太郎が橋の下から飛びだしてきた。丑蔵に定助が続く。

「六助。御用だ」

丑蔵が手製の十手を突き出した。

「近づくな」

六助が匕首を自分の首に当てた。

「近づけば、喉《のど》を掻《か》き切って死ぬ。どうせ、捕まえれば獄門台だ。今死のうが同じだ」

「待て」

朔太郎があわてた。

「ばかな真似はやめろ」

「威《おど》しじゃねえ。捕まるくらいなら、死んでやる」

六助は切っ先を自分の喉に向けた。

市松は気付かれないように、道端から小石を素早く拾った。

「やい。そこを開けろ」

橋を遮るように立っていた朔太郎や丑蔵たちに怒鳴る。

「落ち着け。罪をすべてみとめ、すっきりした気持ちで刑を受けるのだ」

「冗談じゃねえ。小伝馬町の牢屋敷《ろうやしき》に入るのもまっぴらだ」

「六助さん。どうするつもりだ？　逃げ切れはしない」

市松は諭すように言う。

「やってみなきゃわからねえ。逃げきれなかったら、死ぬまでだ」

「六助さん」

市松が声をかける。

「なんだ」

答えた瞬間、六助が匕首を握る手に狙いを定め、市松は小石を投げた。

命中し、六助は匕首を落とした。すぐに丑蔵と定助が飛び掛かった。

暴れる六助の後頭部を、丑蔵が十手で殴った。悲鳴を上げて、六助は倒れた。そこに縄を打った。

「市松。ご苦労だった」

朔太郎がねぎらった。

「そなたのおかげだ」

「いえ、とんでもない」

「生きて捕らえられてよかったぜ。こいつは、いろいろ余罪がある。数年前までで、下手人がわからない殺しが幾つかある。これから、じっくり問い詰めてみるぜ」

丑蔵が含み笑いをしてから、

「市松」

と、口調を改めた。

「おすずの住んでいた長屋をつきとめたぜ」

「ほんとうですか」

「富久町《とみひさちょう》のどんぐり長屋だ。そこで、酒呑《さけの》みの亭主銀蔵《ぎんぞう》と女房およね、そしてひとり娘のおすずと一年前まで住んでいたそうだ。銀蔵はおよねが内職で稼いだ金をぜんぶ酒に変えてしまっていたらしい。あげく、酔っては女房や娘に手を上げる。長屋の人間が手を貸して、ふたりを逃がしたそうだ。あとは、おめえがじかに聞け」

「ありがとうございました」

「それから、おまえを襲ったごろつきの見当はついた。あとは俺たちに任せてもらおう。おっといけねえ」

両側の橋詰に、通行人がたまっていた。捕物騒ぎに、足を踏み出せずにいたのだ。

「いいぜ、渡って」

丑蔵が大声で言った。

朔太郎と丑蔵は定助が縄尻《なわじり》をとった六助を連れて大番屋に向かった。朝陽はとうに高く上がっていた。

五

市松は富久町のどんぐり長屋にやって来た。先日、捜しあぐねて佇《たたず》んだ富岡橋、俗に言う閻魔堂橋の近くだった。

長屋に入り、路地にいた女に訊《たず》ねる。

「こちらに去年まで、銀蔵さん一家が住んでいたとお聞きしましたが」

「おまえさんは？」

「へえ。飾り職人の市松と申します。三河町四丁目の『天狗屋』という呑み屋で働いていたおすずさんと顔見知りでして」

「おすずさんと？」

「へえ、じつはおすずさんとおよねさんが突然いなくなってしまいましてね。それで、行方を捜しているんです」

「いなくなったですって」

「はい。『天狗屋』をやめて、長屋も急に引き払って」

「どうしたんだろう」

女は不思議そうな顔をした。

「なんでも、ご亭主に見つかったらしいとのこと」

「そう」

女は首を傾げた。

「何か」

「銀蔵さんはどうして居場所がわかったのだろうかと思いましてね」

「どういうことですか」

「今、銀蔵さんは材木商の『木曾屋《きそ》』さんで住み込みで働いているんですよ」

「住み込みで?」

「ええ、だから、自由に外を動き回れるはずないんですよ。それに、本人も一生懸命働いているようだし……。あっ、大家さん」

女がいきなり市松の肩ごしに声をかけた。

振り返ると、でっぷりした中年の男が近づいてきた。

「大家さん。こちら、おすずさんのことで」

女は説明した。

「なに、あの長屋から引っ越した？」

大家は市松に顔を向けた。

「はい。前の亭主に嗅《か》ぎつけられたと言って、あわてて引っ越して行ったそうです。行き先はわかりません」

「そうか」

大家はやりきれないように首を横に振った。

「銀蔵の奴、まともになると言ったのは嘘だったのか」

「まともになる？　銀蔵さんはそう仰《おつしや》ったんですかえ」

「そうだ。銀蔵は大酒呑みでとんでもない亭主だった。だから、長屋の者が手を貸して、母娘を逃した」

「多町一丁目の日の出長屋にですか」

「そうだ。そのあと、女房と娘に出て行かれ、最初は荒れ狂ったようにふたりを捜し回っていたが、ひと月経つと、すっかり元気をなくした。改心すれば、きっと戻ってくると諭すと、もう金輪際酒は呑まず、まともに働くと誓った。それで、『木曾屋』で住み込むようになったんだ。こっちからふたりを捜しに行くなと強く言い聞かせた。それから、半年になる。木曾屋さんの話では、よく働き、酒は一滴も呑んでいないということだった。だが、こっそり抜け出して、捜し回っていたのか」

「『木曾屋』さんはどちらですか」

「三好《みよし》町だ」

「銀蔵さんに会ってみます」

詳しく『木曾屋』の場所を聞いて、市松は大家と別れた。

材木置き場が並んでいる。『木曾屋』はすぐにわかった。木挽《こびき》師が大きな木から大鋸《おが》を使って板を切り出している。

『木曾屋』の店先で、手代らしい男に、銀蔵に会いたい旨を伝えた。

忙しく振る舞っていた手代だが、すぐ小僧を呼んで耳打ちした。小僧は外に出て行き、ひとりの男を連れて戻ってきた。

気弱そうな目をした浅黒い顔の男だ。四十前か。

「およねさんのご亭主の銀蔵さんですね」

「そうですが」

銀蔵は警戒したようになり、

「私は飾り職人の市松と申します。おすずさんとは……」

市松はおすずとの関わりを話し、突然、母娘が引っ越して行ったという話をして、

「あなたは、およねさんとおすずさんを捜しに、三河町に行きましたか」

「いや、行っちゃいねえ。俺は住み込みで働いている。勝手に外には出られねえ。嘘だと思うなら、旦那《だんな》や番頭さんにきいてみてくれ」

銀蔵は真剣な眼差《まなざ》しで言い、

「およねは、俺に見つかったからと言って突然、引っ越して行ったのか」

「そのようです」

「そうか。やはり、俺を許しちゃくれそうもないな」

銀蔵は自嘲《じちょう》ぎみに、

「身から出た錆《さび》だ」

「あなたはほんとに捜しに行っていないんですね」

「大家さんと約束した。まっとうになったら、大家さんが捜してくれると。それを心の支えに毎日働いているんだ」

「お仕事は何を？」

「最初は下働きだったが、だんだん材木の運搬もさせてもらっている」

「もうお酒は呑んでいないのですか」

「一滴も呑んじゃいねえ。もう、呑みたいとも思わねえ」

「そうですか」

「だが、もうふたりは戻って来ないかもしれねえね」

「もし、戻って来なかったらどうするんですか。また、お酒に逃げますか」

市松はためすようにきく。

「いや。もう酒は呑まねえ。金輪際呑まないと誓ったんだ」

「そうですか。そのお気持ちがあれば、必ずおふたりは戻ってきますよ」

「そうだといいが……。すまない。仕事があるんだ」

銀蔵は持ち場に戻って行った。

なぜ、ふたりは急に引っ越して行ったのか。


およねとおすずが見つかったと、丑蔵から知らせを受けたのは翌日だった。さすが、奉行所だと改めて感心する。もっとも、母と娘のふたり連れは印象に残り、名前もそのまま使っていた。

さっそく、市松は浅草阿部川町《あさくさあべかわちょう》の長屋に出かけた。

長屋木戸を入ると、ちょうど井戸から桶《おけ》に水を汲《く》んでいるおすずの姿を見かけた。

住まいに戻ってくるおすずは市松に気づいて立ち止まった。

「おすずさん。捜したよ」

おすずは口を半開きにした。

「『天狗屋』の客の市松だ」

「はい」

おすずは頷《うなず》き、戸を開けて、

「どうぞ」

と、招いた。

「おっかさん」

母親のおよねが不思議そうな顔をしていた。

「飾り職人の市松と申します。ある事情から、おふたりを捜していました。決して、心配はいりません」

事情というのを話してから、

「あなたはご亭主に見つかったと思い、急に引っ越しをされたそうですね」

「はい」

およねは不安そうな顔で頷く。

水を瓶《かめ》に移したおすずが部屋に上がって、およねの隣に腰を下ろした。

「あなたはご亭主を見かけたのですか」

「いいえ。『天狗屋』の板蔵《いたぞう》さんが教えてくれました」

「板蔵さん？　『天狗屋』の亭主が？」

「はい。昼間から酒に酔っぱらって、およねはどこだ、おすずを知らないかと喚《わめ》いていたというのです。それを聞いて、私は愕然《がくぜん》として。前に住んでいた大家さんはいっとき姿を消せば、きっと改心する。もし、しなければそのまま永遠に姿を消せばいいと仰ってくれて、それで私たちは長屋から逃げ出したんです。でも、あのひとはちっとも変わっていなかったんです」

「どうやら、何か大きな誤解があるようですね」

「えっ？」

「私は銀蔵さんにも会ってきました。今、銀蔵さんは材木商の『木曾屋』さんで住み込みで働いています。一滴も酒を口にしていないようです。嘘ではありません。まっとうな暮しが出来るようになれば、きっとふたりは戻ってくる。そのことを心の支えに、銀蔵さんは一生懸命に仕事をしているようです」

「でも、板蔵さんは見たと？」

「大家さんの言葉を素直に聞き入れ、銀蔵さんはあなた方を捜し回ることはしていません。それに、住み込みですから自由に動き回れません」

「……」

「板蔵さんは大きな勘違いをしていたのです。ひとりで騒いでいただけです」

勘違いではない。板蔵がおすずを遠くに引き離したのだ。

「どうして、こんなことに？」

「おすずさん」

市松はおすずに顔を向けた。

「あっしと幸吉さんが話していた、回向院裏の話を丑蔵親分の手下の定助に話したね」

「はい。きかれましたので……」

「そのことを、定助さん以外に話したかえ」

「いえ」

「誰にも？」

「はい」

「板蔵さんには？」

「……」

おすずは俯《うつむ》いた。

「話したんだね」

「はい」

「なぜ、話したんだね」

「それは……」

「銀蔵さんのことでは嘘をついていたんですよ、あの板蔵さんは」

おすずははっとしたように目を見開いた。

「おすず」

およねが促す。

「はい」

おすずは意を決したように口を開いた。

「ふたりが何を話しているのかよく耳を澄ませておくようにと言われていたのです」

「……」

『天狗屋』の亭主が饅頭笠《まんじゅうがさ》の侍に告げたのだ。板蔵は風神一族の人間だったのか。

「およねさん、おすずさん。一度、富久町のどんぐり長屋の大家さんを訪ねてごらんなさい。銀蔵さんは性根を入れ換えて、あなた方を待っています」

「おっかさん」

おすずが涙声で母親の体をせっついた。

「わかりました」

およねの目も涙で光っていた。


長屋に帰ると、おつたがおはるの家から出てきた。

「市松さん。どこをほっつき歩いていたんです。簪《かんざし》のほうは進んでいるんですか」

いきなり、おつたが文句を言う。

「いや、ちょっと」

市松は逃げるように、自分の部屋に入った。

おつたも入ってきて、

「安太郎の身許《みもと》は確かです。江戸の生まれで、疑わしいところはないそうです」

今度、長屋に入居することになっている『佐渡屋』の番頭の安太郎のことだ。

「では、ちゃんとやってくださいな」

大きな声で言い、おつたは引き上げて行った。

仙介がつけていた男のひとりに体つきが似ていたのは偶然のことだったようだ。だが、なぜ、夢見堂は安太郎のことを不吉な人相だと言って、この長屋に来ることに反対したのか。

市松は土間を出て、大家のところに行った。

「大家さん。『佐渡屋』の番頭の安太郎さんのことですが」

「ああ、あれは断った」

「えっ？」

「やはり、夢見堂があれほど言うのを押し切って長屋に迎え入れるわけにはいかない。その代わり、安太郎さんには別の長屋を世話することにした」

市松は啞然《あぜん》とした。

「次に、入るひとはいるのですか」

「まだ、はっきりしないが、ひとりいる」

「誰なんですか」

「何をしているのかまだ聞いてはいないが、名は時次郎《ときじろう》だ。三十代半ばの苦み走った顔立ちの男だ」

「また、夢見堂さんに人相を？」

「まあな」

　どういうことなのだ。幸吉がいなくなった部屋に時次郎を引き入れるために、夢見堂は『佐渡屋』の安太郎が借りるのを妨害したのでは……。夢見堂も時次郎も、風神一族では……。


　半月後、六助が引き回しの上に獄門になる日がやって来た。

　早暁に小伝馬町の牢屋敷《ろうやしき》の裏門から出発した引き回しの一行は大伝馬《おおでんま》町から堀留《ほりどめ》町・小舟町にやって来た。

　市松はおつたといっしょに沿道に並んでいた。

　やがて、六尺棒を持った先払いの者や罪状を書いた紙幟持《かみのぼりもち》を先頭に、突棒《つくぼう》、刺股《さすまた》などの捕物道具を持った者が続き、裸馬に乗った六助が見えて来た。後ろ手に縛られ、ざんばら髪に無精髭《ぶしょうひげ》、いかにも極悪人という風貌《ふうぼう》で、堂々としていた。

　沿道に並ぶ野次馬からざわめきが起こった。六助は辺りをきょろきょろしている。まるで誰かを探しているようだ。

　ふと、市松は自分を探しているのではないかと思い、おつたに断り、野次馬をかき分けて前に出た。

市松は一行を待ち構えるように、複雑な思いで馬上の六助の顔を見た。六助の目は絶えず左右に動いていたが、市松のところでぴたっと止まった。

市松も見返す。裸馬に乗った六助が目の前にやってきた。六助も市松に目を向けたままだ。

目の前に迫ったとき、六助の口が大きく開いた。何か、市松に伝えようとしている。市松は六助の口の形から声を探した。

(と　き　じ　ろ　う　に　き　を　つ　け　ろ)

時次郎に気をつけろ。

さらに、六助は首をこっちにひねり、

(し　ち　べ　え　が　い　う　さ　い　ぞ　う　は)

いきなり、警護の与力が馬で近付き、六助に、「不審な真似をするな」と叱った。

七兵衛が言う才蔵は……で、打ち切られた。

六助は何を言いたかったのか。

このあと一行は江戸橋を渡って、与力・同心の組屋敷がある八丁堀に入り、組屋敷を南北に突っ切って行く。

六助に会って、真意を確かめたい。だが、それは無理な相談だった。

時次郎とは、幸吉がいなくなって空いた部屋に引っ越してくる男のことだろうか。七兵衛とは何者だ。そして、例の才蔵の名が出てきた。

夕方、市松は小伝馬町の牢屋敷前で、引き回しを終えて戻って来る六助を待っていた。

あれから一日がかりで江戸城の外郭までまわってここに戻ってくるのだ。裸馬に乗せられた六助が戻ってきた。さすがに疲れたのかぐったりしていて、周囲を見回す元気もないようだ。

「六助」

市松は叫んだ。

だが、六助にその声は届かず、一行は牢屋敷の裏門に消えた。このあと、六助は首をはねられたのだ。

六助は新たな謎を残して刑場の露と消えた。風神一族との闘いはまだはじまったばかりだった。

本書は書き下ろしです。

隠密同心《おんみつどうしん》

小杉健治《こすぎけんじ》

平成28年 5月25日　初版発行

発行者●郡司 聡

発行●株式会社KADOKAWA
〒102-8177　東京都千代田区富士見2-13-3
電話 0570-002-301（カスタマーサポート・ナビダイヤル）
受付時間 9:00～17:00（土日 祝日 年末年始を除く）
http://www.kadokawa.co.jp/

角川文庫 19765

印刷所●株式会社暁印刷　製本所●本間製本株式会社

表紙画●和田三造

ISBN978-4-04-103892-5　C0193

角川文庫発刊に際して

角川源義

第二次世界大戦の敗北は、軍事力の敗北であった以上に、私たちの若い文化力の敗退であった。私たちの文化が戦争に対して如何に無力であり、単なるあだ花に過ぎなかったかを、私たちは身を以て体験し痛感した。西洋近代文化の摂取にとって、明治以後八十年の歳月は決して短かすぎたとは言えない。にもかかわらず、近代文化の伝統を確立し、自由な批判と柔軟な良識に富む文化層として自らを形成することに私たちは失敗して来た。そしてこれは、各層への文化の普及滲透を任務とする出版人の責任でもあった。

一九四五年以来、私たちは再び振出しに戻り、第一歩から踏み出すことを余儀なくされた。これは大きな不幸ではあるが、反面、これまでの混沌・未熟・歪曲の中にあった我が国の文化に秩序と確たる基礎を齎らすためには絶好の機会でもある。角川書店は、このような祖国の文化的危機にあたり、微力をも顧みず再建の礎石たるべき抱負と決意とをもって出発したが、ここに創立以来の念願を果すべく角川文庫を発刊する。これまで刊行されたあらゆる全集叢書文庫類の長所と短所とを検討し、古今東西の不朽の典籍を、良心的編集のもとに、廉価に、そして書架にふさわしい美本として、多くのひとびとに提供しようとする。しかし私たちは徒らに百科全書的な知識のジレッタントを作ることを目的とせず、あくまで祖国の文化に秩序と再建への道を示し、この文庫を角川書店の栄ある事業として、今後永久に継続発展せしめ、学芸と教養との殿堂として大成せんことを期したい。多くの読書子の愛情ある忠言と支持とによって、この希望と抱負とを完遂せしめられんことを願う。

一九四九年五月三日